淬火

博凡 著

百花洲文艺出版社
BAIHUAZHOU LITERATURE AND ART PRESS

图书在版编目（CIP）数据

淬火／博凡著. -- 南昌：百花洲文艺出版社，
2024. 7
ISBN 978-7-5500-5595-7

Ⅰ.①淬… Ⅱ.①博… Ⅲ.①诗集—中国—当代
Ⅳ.①I227

中国国家版本馆 CIP 数据核字（2024）第 040385 号

淬 火
Cuihuo

博凡／著

出 版 人	陈　波	
责任编辑	郝玮刚	
出版发行	百花洲文艺出版社	
社　　址	南昌市红谷滩区世贸路 898 号博能中心一期 A 座 20 楼	
邮　　编	330038	
经　　销	全国新华书店	
印　　刷	四川科德彩色数码科技有限公司	
开　　本	880 mm×1230 mm　1/32	印张　8.25
版　　次	2024 年 9 月第 1 版	
印　　次	2024 年 9 月第 1 次印刷	
字　　数	190 千字	
书　　号	ISBN 978-7-5500-5595-7	
定　　价	58.00 元	

赣版权登字　05-2024-30

网址　http://www.bhzwy.com
图书若有印装错误，影响阅读，可与承印厂联系调换。

淬过火的方可重生

——诗集《淬火》序

北　塔

　　博凡先生是我家乡苏州市吴江区的代表性诗人之一，他勤于思考、勤于写作、勤于交流，因此所作质高量丰，盈盈乎乃成一集，值得庆贺！

　　博凡先生的诗歌显现了他对人生的思考、对人性的洞察，以及对艺术的见地。

　　作为过来人，博凡总结了几十年人生的诸多经验或感悟。

　　他认为，人生需要历练和磨炼，经历的磨难甚至苦难越多，人生就越丰盈、越坚韧、越自足。"淬火"之题旨跃然纸上，阐明于集子里诸多文本，比如《瓷器》和《铁匠铺》等。人生若要如瓷之硬、如铁之坚，必须经过世事的重锤的锻打，必须经过人事的烈火的烧炼。没有充分锤炼的人生只是一堆生硬的原材料，或是不成熟、不完整的坯。《铁匠铺》一诗云——

　　坯烧红，锻打
　　待淬火后方可显示本质

多少的英雄豪杰，何尝不是

历经各种熔炉

冶炼抡锤

才一代又一代，脱颖

　　无疑，这样的锤炼过程充满了痛苦、艰辛，甚至自我怀疑，需要处于被动状态的主体"在窑炉里交出了疼痛与血肉"。很多人由于意志软弱或才能薄弱或身体虚弱，或舍不得交出血肉，或血肉经不住多少捶打，就瘪了，就趴下了，甚至涣散了，成了废物。只有极少数人——所谓英雄豪杰才能扛得住常人难以忍受的锤炼或捶击，才能从芸芸众生中脱颖而出。经过捶打而没有被打垮，经过焚烧而没有被焚毁，这样的人生能博得浴火重生的胜利和荣耀，所谓"英雄本色"也。博凡虽然谦称平凡，他的人生也确实被磨得没有什么明显的峥嵘，但他内心深处恐怕也还有英雄情结，同时，他还激励别人锻炼自己的抗打击能力。

　　博凡还认为，有得有失是生活的常态。我们不会总是得到，也不会总是失去。因此，我们有必要树立正确的人生观或良好的得失观。在有所得时不要只顾得意扬扬，在有所失时不要一味悲观失望。不因为一时之得而热爱生活，也不因为一时之失而厌弃人生。在得到时，要坦然做好失去的准备；在失去时，要发奋做出失而复得的努力。这些得失可能是客观造成的，也可能是主观造就的。但我们主观上不能消极等待，而要积极作为、有所取舍，该丢的时候就要舍得，该捡的时候就要进取，没必要每次都患得患失。因此，博凡感悟到"生活，是一个丢捡的过程"。我们认清了这一点之后，就可以设法在得与失之间找到平衡点或心理支撑点。他所谓"爱憎难妥协。唯有尽力去锚定某种平衡点"。不过，笔者以为，这种平衡点应该是动态的，而不是固定的，更不是恒定的，所以恐怕不能也不必"锚定"。暂时能找到这种平衡点，就能让我们有继续生活下去的勇气和理由。

博凡的思维之钻由人生的表面深入人性的底部，从而使得他洞悉人性的本质。比如，他认为，人性的本质之一是局限性，没有一个人能摆脱或超越这种局限性，哪怕圣人都不能。因此，没有一个人具有无限的权力或绝对的权威，人和人之间的一切关系都是相对的、相互的——"江湖间，已没有绝对的王/如五行相克"。这样的认识表明：博凡对人生和人性的探索已经由个体性和抽象性的维度扩展到社会性和具体性的维度，他把人放在现实社会生活尤其是人际关系之中去观察、揣摩和评析。

作为一位具有很强自觉意识的写作者，博凡不仅对人生和人性有独特的体验和精辟的见解，而且对借以表达这些体验和见解的诗歌艺术也有着明通的认识。他认为，不仅人生需要锻炼，诗歌艺术也需要磨炼。因为正如人会犯懒，笔也会生锈，而除锈的良方就是不断地淬火与锤炼——

我把诗隐喻一把匕首
置于星光里磨砺
剔除层层锈斑
用锋刃，挑明暗藏的悬疑

正是因为有这样强烈的对诗歌艺术的见识，博凡在写法上颇费心思而且已经形成了自己的风格。比如，他虽然以前主要写散文，但不像大多数由文而诗的人那样保留着太多的散文写法，所谓以文为诗多数情况下是散文对诗歌的侵蚀和压制。他的诗与散文切割得非常明显，具有简洁、跳跃、陌生化、意象密集等真正属于诗歌美学的特点。为了简洁，他多用现在一般诗人很少用的单字，而不是词语，比如《瓷器》——

就像神奇中隐藏的韵
一个局外人
是无法明晰就里的
当那些釉色，尽管消退了
远古的痕

其中"韵"和"痕"都是单字。由于古汉语中多用单字，而现代汉语中少用，他的这一措辞手法给他的诗增加了一丝古雅味。

为了达到陌生化效果，有时他甚至硬生生自铸新词。比如："如果是在漆暗中摸索"中的"漆暗"和"垒叠的词眼"中的"垒叠"，这些都不是词典中的词语。不过，他的这些生造词并不怪癖得让人无法理解，所以属于妙造，其主要目的就是为了营造一种"陌生化"的阅读美感。

正是因其自觉追求淬火精神，博凡先生虽已年届花甲，尚能衰年学诗，而且变法造新，委实令我钦佩。是为序！

2023 年 11 月 2 日下午初稿于北京圆恩寺
晚上定稿于京郊营慧寺

目 录
CONTENTS

辑一　2018 诗选

辑二　2019 诗选

淬
火 | *Cuihuo*

辑三　2020 诗选

辑四　2021 诗选

辑五　2022 诗选

辑一
2018 诗选

灵魂的蜕变，若涅槃

兑现崭新的存在

◎ 黎明

天际的鱼肚白
迟迟不肯坦率地表露

唯有那些不安分的雀鸟
率先打破了沉寂
在晨曦的氤氲里引吭高歌

南方的冷总有些滞缓
严冬还蹒跚于赶来的路上

霜冻，渐渐凝聚浓稠
姗姗而至的黎明
正与稀疏的星光对视中
谋划新的契机

◎ 瓷器

能经久站稳几案，定有存活
下来的佐证
不善言辞，独喜叛众孤子
那些映射的惟妙惟肖
非常规的炫
应是从质地里泛出来的蕴含

就像神奇中隐藏的韵
一个局外人
是无法明晰就里的
当那些釉色，尽管消退了
远古的痕
留白处却有另一番暗语

比若一些胎记
在窑炉里交出了疼痛与血肉
重生的便是淬过火的姓氏
我欲凭睿智的眼神
择小楷赋一首诗
来诠释这造诣惊世的魂

◎ 水乡寻踪

凭，粉墙黛瓦和小桥流水
便是这座小城的名片
邀你入座

东西向。斑驳的石板路
把一条街坊紧密地串联起来
晃悠着灯笼与幡旗

徜徉于明清的幽巷深宅里
并未觅到心仪的掌故
悻悻而返

入夜，渐复宁静
我欣然倚一扇古拙的窗棂
屏息聆听《越王勾践》
高潮的部分……

◎ 走过荒野

随大雁一声鸣叫
林中必有枝叶"哗哗"坠落
如无数滑翔的飞碟

阳光乘机从稀疏的冠隙间
射下一支支亮箭
蜷伏的野菊正好被吵醒

一路顺小径蜿蜒向西
满地积满颓芜
踩踏上面有某种莫名的感喟

倒不是吝啬那双酷鞋
而是心存一丝拘谨
怕冒犯足下长眠的部分

◎ 参半

昨夜闪失的星子
却挂上今日的枝头
雀鸟诧异

区区一阵西风
就把许多的娄子捅破
枯状，撒乱一地

秋，不擅于蛮横地直入
而习惯迂回慢游
且时风时雨

此番喜忧的现状
一半归隐泥土
而另一半将果实托举

◎ 黑与白

譬如上下、宽窄、缓急、动静
还有生死……
拆解看，都是背驰的
但也很难剥离

一张白纸，若不涂点什么
其不成枉费
囚于密封的暗器里
怎会不索求光明

白与黑，既可一对连理般配
又是永恒的宿敌
恰似棋子对垒
亦能赋予一幅画的谐趣

◎ 空巷

午夜的钟声敲过 N 响
巷子寂静昏沉
那些枝丫与来路不明的风
对起了暗语

飘移的云将月儿磨成亮白
交出银镰一把
高高悬挂于飞檐上

空气中沉淀出某种清醒
少许窗还睁着眼
似乎，要窥探有关黑色的密码

一些人正酣眠梦乡
一些人仍在辗转反侧
另一些人已在困乏的路灯下
扫清了黎明……

◎ 随遇

一直搭不准时光的脉
随手翻过夏季的最后一页
——即立秋

"光阴似箭。"鸟语
反复在告诫……
后来从风声里也得到了确认

庭院的紫丁香
连续开了一拨又一拨
姿态，仍安然若素

我，隐约地在亢奋的蝉鸣中
嗅到秋果的芳香
及枝丫一丝忧郁的沉淀

◎ 无题

无视，湖面上逐浪的帆影
及鸥鹭滑翔的倩姿

仅对一丛丛枯苇犯疑
或在静待涟漪后的水落石出

但之后的情形
没有丝毫是顺心随意的

浮萍已搁浅于一边
而水，亦无意坦白所藏的隐语

倒是晦涩的暮霭
把远近都草率地泼上了墨

◎ 谷雨

惯例，循序疏密地落
屋边一口老井
自有它通往的深幽

池中的荷叶却是另般模样
间歇在风里萌生
鸟掠过，波澜不惊

转瞬，某朵若悄悄受孕
努力包裹私密，暗喜
稍微些矜持

暖风频频，正挹搹
水的纷至沓来
莲盈润，羡醉蛙声一片

◎ 无名寺

寺，无关修筑名山大川
偶有坐落于僻壤
隐居幽深

佛，信则灵
奉循慈善悲悯旨意
虔诚皈依，方许离苦得乐

尘世，纷乱杂
芸芸万象固有其因果
修行者，络绎接踵

梵音中灵魂得以超度
揣疑而来；卸包袱而返
访此，皆为释然

◎ 老宅

怀旧。极易点到软肋
常会捞起以往沉淀的轶事

如一陋巷的老宅
是否还完整已不再奢祈

而许多斑驳的印记
仍像黑白片，断续地浮现

比若一扇透风的柴门
以及漏雨的屋檐……

如能捡回陶罐，兴许还
能弹拨那几分乡愁

◎ 残缺

偏多的人，喜欢看日出
落日稍逊色一筹
但，很真实

万物没有尽善尽美
有些褒的寓意
无非是加了一些形容的修辞

由此，自然联想到腕表
机械比电子昂贵
可走时却要略逊一筹

不是吗？那些"高富帅"
虽奢靡地炫耀……
其品性难免有残缺之嫌

◎ 夜，静思

此刻，月亮或许是一个引子

我油然想起朱自清的《背影》
及茅盾的《春蚕》

其情节似乎无法切割
与我父母生前的千丝万缕

父亲，适合沧桑一词
终生只做了一根弯曲的扁担

母亲，若纺不完的茧丝
密密麻麻缝补着岁月的破绽

…………
其实，无须过多修辞
简言数语就足以嚼出酸涩

◎ 姿势

我有时在拷问与揣摩
叶子的离开，是风的撵逐
还是树的弃之……

我辨别不出叶子有多少愁绪
反而羡慕它随意的洒脱
无惧无畏

与其说颜值憔悴
倒不如讲是自然加持
多像殷红的一枚枚纪念章

不，别拷问它的归宿
风来了，顺势抛撒一把
翩跹舞姿，恰似蝶羽的倩影

◎ 怡园

欲重拾一回拙政*遗梦
却转念半途更弦
误入此园

方寸。袖珍
螺蛳壳里做道场
曲、深、幽，别有洞天

迂廊回轩，悠踱
奇石叠，翠枝虬蟠
满池荷韵鲤影

憩间，呷茗
隐约传来一曲弹词开篇
——吴侬软语……

---

*拙政：拙政园，和怡园均为苏州园林。

◎ 窄门

生活，本是一把双刃剑

有过制胜的酣畅
也记忆着滴血的疤痕

进睿智，退谋略
拳回缩是为了更猛力地出击
鲁莽时常意味冒险

学一学《忍者神龟》*吧

如不能大步流星地迈进
何不选择——侧隐？

---

* 《忍者神龟》：动画片名。

淬
火 | Cuihuo

◎ 对于动静的揣摩

当失去风的参与，树木花草
还有那些躺着的残骸
一切都呈静止状态

家，也如此
若人与什物长久保持沉默
空气也变得凝稠

懒，总和木讷苟合
而勤勉，才活力亲和
锅碗瓢盆叮当，应是主旋律

我常思忖着将饰品移位
觅求新的视觉
让角色互换成为彼此的道具

偶尔将陶罐擦净。插上
几根干枝与时鲜的花卉混搭
立现几分意外的禅意

◎ 无题

世界，如同包裹一张网
生命赖于其中。启于自然
也逝于自然
而活着的，总被紧箍咒束缚
只赌赢了有限的胜算

有些人，谨言慎行
有些则碰壁沮丧
甚，有一些为梦想还赔了性命
凡人都是其中的一分子
谁能独善其身？

于是，我仰慕鸟的飞翔，与
奢望鱼的自在
更多的时候会凝视小草
一遍遍遭遇蹂躏
却一次次地又挺胸、站立

◎ 长廊

烟雨江南。对水乡而言
是最精致的修辞
也寓意醇厚的文脉

小桥流水人家。除了
粉墙黛瓦
轩廊,尤为翘楚

一帖碑文跃入眼帘
雕琢的掌故
许是唐伯虎的倜傥轶事

从青石板上跨越
庭院幽深。再曲径出没于
宁谧的桃花坞

倘若,是久别故里
凉亭下小憩
或能拣回一段旧时的梦

◎ 夜游

白天，我喜欢结伴
意欲逃避诸多枯燥乏味的纠缠
夜里喜好独行
与一些静物对话，闲遣

在旁人眼里，或许不可理喻
而我却执拗习以为常
深信，只有此刻才独享自由的妙趣

昏暗处与众多树木、石头相认
彼此间有种朦胧的契合
绝无排斥之念

偶尔，万物宁谧
我会借机将影子倒映在水里
作荡涤漂洗

或放低身段与某块顽石平起平坐
互诉几分难隐
抑或侧耳聆听小草呓语
然后再抚摸一遍大地的体温

◎ 初冬，一些物象

朝夕，明显感受有些薄凉
幸亏午后的阳光，才
恢复些暖和

此时，我正漫无边际地遐思
意念的程序里
欲与一棵古柏私聊

未知树龄，是因无横截面可鉴
仅从蜂窝的皱褶
就断定应超越我的父辈

虽耄耋，裸露的根
仍倔强地攥紧维系生命的土
向上输送"血液"

枝上，鸟在筑巢。树下是
大批蚂蚁结集，貌似
当年"深挖洞，广积粮"的场景

◎ 边缘

闲暇时去接近某些植物
竟发现许多端倪
当一枝藤蔓，失去节制以后
扩张，是免谈界域的

能爬上一棵树
必然就会，侵占一堵墙
无一丝惭愧
有的，更是储精蓄锐地疯狂

攀缘附会，似乎
早已决定了某种顽劣基因
从藤蔓，我居然还想到
一些，别的……

◎ 残缺，固有谕意

西风疾。月影如钩
小城的轮廓在流光溢彩
后，渐入幽境

只有零碎的灯火，还掩映于
几扇方格里
酣梦中掺和少许呓语

而顽劣的失眠症并非罕觏
之所以辗转反侧
应归咎，奢欲淤积

若世人皆知的某些道理
指甲上的月牙
始终，都未曾盈满过

◎ 呼吸，似一条古道

面对绝壁，气息一定是
升腾的。仿佛血脉里的喷涌
张狂不羁

探险，是崇高的矢志
亦是基因密码不断刷新
与遂愿的历程

有人为舌尖上的味蕾而忘形
而我却趋反
只为让梦抵达邃邈

作一次深呼吸，如同动词在
古道里穿越。我喜掬日出
也送，余晖徐徐归隐

◎ 局限性

一群鱼因贪欲，而屡屡地
吞噬诱饵
毁于只有七秒的记忆

这也契合矛盾一说
像此类的巨细
不胜枚举

谁还能生活在幻想的真空里？
约束与丛林法则
一直，缠斗于古今

江湖间，已没有绝对的王
如五行相克
抑或石头，剪刀，布

◎ 落日时分

东升西落，早设置了一个
恒定的程序
没有谁能帮其扳回一局

太阳是大地的恩宠
一山一水，一草一木……
都归于其子民

走近一棵树，它会告诉你很多
昨夜，它又遭寒雨袭扰
"羽毛"被惊吓一地

朝晖再次冉起
它又欣然高举所有的枝丫
在朔风中热烈鼓掌

当与晚霞道别时
整个侧身已染成灿黄
而背影却涂抹一地的老年斑

◎ 雪兆

天如一幅诡谲的图像
每天按序刷新

太阳，月亮，星星
还有云雨、风雪……
是独特的素材

而画笔一直掌控于神的手里
如蒙太奇那般随意

在酝酿一场雪况之前
首先绸缪帷幄
渐渐地，才泼洒零碎絮语

最后，呈轰轰烈烈的白

◎ 对光阴的一些认知

生命，无非吻合这三部曲
起步为平川
中途是崎岖陡峭的阶梯
末端如颠簸的残舟

过程，也可能呈倒叙
或者插叙
如烹饪的调味品
甜、酸、苦、辣等一应俱全

欲求太多
就意味失望的概率会越频
以谧然的仪态
更易捧掬欣慰的馈赠

空气可畅快呼吸
阳光却例外
只给予正面的温度
背后，总抹不掉那层阴冷

◎ 有些缘，莫过于虚词

她。擅长地为自己的行踪
找一些掩饰
像山溪在迂回颠簸中
伺机突破，缺口

门隙的风都有来头
悄悄试探后续
端倪，仅仅隔着一层膜而已
或鸟已发过警示

红杏出不出墙皆有因
唯结果无如果
一切躲不过法眼
有些缘，莫归于一堆虚词

◎ 乍暖还寒

季节一路小跑向暖
时而回调，乃情非得已
使裸露的肌肤又缩回领袖里

冷风，来路不明
鲢鱼冒了个水泡再次潜返湖底
柳，垂钓问号

花打着战栗，晃曳
"妖姬"的一串粉桃，惊魂坠地
蕊骨形散香消

诡异的归燕，唧啾
衔回残叶，赶忙修缮栖巢
刚还蠢蠢欲动的蛰虫
无奈地悻悻退穴

◎ 别在乎一些假设

那些凭花里胡哨编演的风
常会迷惑我的思维
只能侧耳辨认

而，另类高八度的噪声
尽管很抵抗
偶尔也不得不佯装，逆来顺受

处境，有时如一团麻
欲理还乱。也许
睁眼闭眼一会便是晴天

就像晨起还稠霾屏蔽
瞳孔布满疑虑
但稍后就又诡异地被解锁

生存的秘诀，在于应变
凛冽中的雾凇为啥那么傲艳？
无疑，与定律契吻

◎ 把桥，视为父亲

一生，不知走过多少桥
唯独这座石拱桥
而让我深情地注目，留足

此桥，旧拙斑驳
细心能读懂，一些未知的沧桑
这多像我生前的父亲

他驼背弓腰。姿势
也恰如，石拱桥的形状一般
坚韧不拔地执守

我小心拾级而上，生怕
踩到最痛的部分——
他因疾病曾切除三根肋骨

◎ 抱陶罐的女孩

裸体，勿应避讳
维纳斯，大卫和掷铁饼者
……精湛不可复制

我尤其欣赏油画《陶》
虽不及《泉》誉高
却出自国人谢楚余的杰作

——品艺
一千个赞许总会有部分的逆耳
各执一词不足为意

《陶》的特质在于独辟谋新
使不同元素，中西合璧
凸显笔墨的神趣

之所以受追捧
不仅仅，少女与陶罐的互衬
而是灵感融匠心于极致

◎ 岁末辞

光阴如梭。再次划向
时光的渡口
闭目，慢慢把往事循序折叠
睁眼又会一副换颜

……难免留恋
回味那粒香醇的青橄榄
以及微量的酸涩。而所有的
曾经终将被锁屏封藏

一场雪，奔袭得好神速
肆意地飘洒……
让旧词一一埋伏
新的谋略已酝酿于密窑里

我凝视一株梅，争艳
残雪枝上，几粒
清脆的鸟鸣，抖落数瓣嫣红
恰若一枚枚小印章

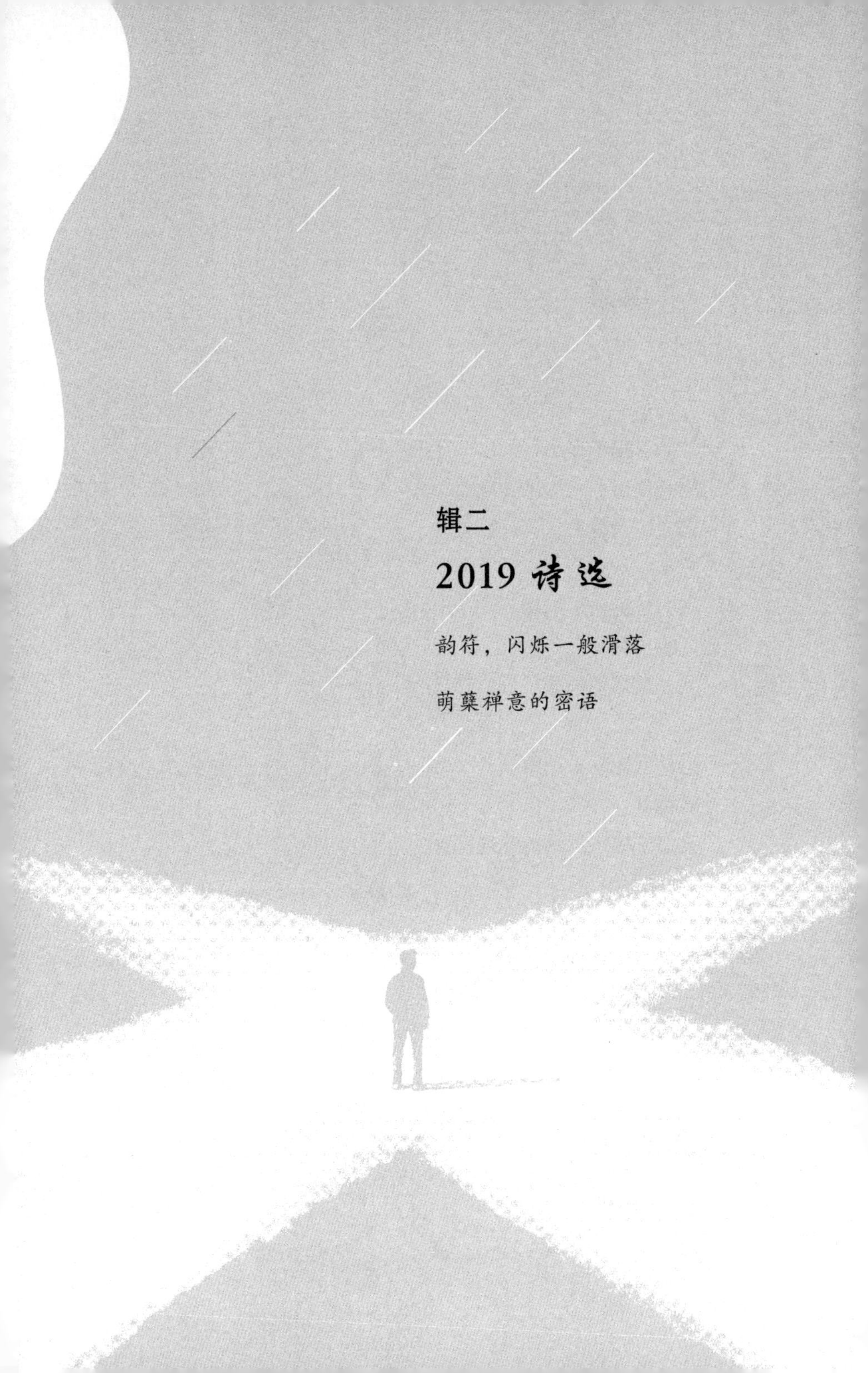

辑二

2019 诗选

韵符，闪烁一般滑落

萌蘖禅意的密语

◎ 蕴意

江南，暖冬多半
雪为稀奇。一些破绽难免
需要它来缝补

雾，是另一类助词
轻绵与黏稠
我尤觊慕那恰如其分的朦状

近貌显轮廓；远象
若猜谜
宛似一幅水墨画的意趣

这样的冬，够柔韧的
抵消了雪的缺憾
也为早春腾挪充裕的留白

◎ 无题

路漫漫，呈蜿蜒平仄

当面临岔道时
难免要思忖下一程的坐标

姻缘亦如此
或许，稍不留神就会如履薄冰
酿成悔恨

溪水，若无青山可依
哪有绿水可言

恰似那只笼中鹦鹉
一直遭囚桎。看似沉默温顺
实为虚拟的躯壳

其梦魂，早已经飞骞……

◎ 又一阵风刮过来

盘桓湖畔。风是追逐
涟漪扑向我的……
还挟持彼岸缕缕鸟啼芳馨

几丛枯蒿频频颔首
仿催唤春事
一截柴丬旁正隐约凸起了萌尖

三月斜阳。波澜里
时而有鹭鸶掠过涎睚鲤鱼打挺
折一弯弧线

若朝邃袤处凝眺
随南风指点。我欲将所有的
怀揣——都钦定于帆影

◎ 遐思，于凝香之外

那些花。曾在庭院、郊野
也偶尔水中
即碧波潋滟的倒影里
演绎妙趣

欲追随一尾鱼，揭谜底
有关玉兰的寓意，在"度娘"*
百科里刨过根

春寒之交，你具有决绝的鸷勇
绽妍而斐然
其香醇，沁骨入髓

我，更在乎你的朦胧
雾里看花
——略显屏蔽之后的忸怩

"犹抱琵琶半遮面"
或许此，最倩魂的逸境

---

* 度娘：指百度搜索。

◎ 清明辞

缓缓抵近的乌云，稠密地
搅拌着悲恸……

苦涩，再次戳破未愈的疮疤
任凭眼窝泛滥思绪

摘几朵湿漉漉的白菊
于此刻，寄托深深的祭奠

断续地飘落，蒙蒙细雨
编织许多离殇

一串串凝伫的脚印，分明在
重复梳理血脉的记忆……

◎ 生活，是一个丢捡的过程

总试图回顾。去寻索
从前遗落的影子

午夜里最适宜翻弄谙熟的辞典
让韵脚，堆砌柔软

一抹愁绪
在纷繁的花瓣里缓缓坠落

除体味心的战栗
也再次隐悟了誓言被埋葬的忧患

爱憎难妥协。唯有
尽力去锚定某种平衡点

勤勉地去耕耘，灵魂的净土
意欲，将一粒尘归位

◎ 置若罔闻

大凡循蹈佛旨的信徒
颜面都虔诚
尤其谙熟那些抑扬的梵音

从善，本是孔孟祖训
潜植于每一支良知的血脉里
源源地传承……

而今世道如混沌的云雾，写满诡异
悖孽，还大有人在
于法网的间隙里苟禄

贪婪之貉，从不念及面壁思过
只顾醉梦靡费
对警钟一直塞耳、抵拒

他们像是早已被妖魔缠身的躯壳
径直地向黑夜里走……
…………

◎ 小城追忆

故地重游。诸多轶事
早已概念淡化

还得从一些皱褶里盘点
窥觑零碎的斑迹

如明砖清瓦，翘檐的图腾
抑或，半个旧陶罐

虔诚的眸，会凝视许久
哪怕琐碎末梢

河，还秉持原创
东起远古，西达未来

一处藩篱的罅漏爬满了藤蔓
像一卷绯闻的秘籍

◎ 芒种以后

此间的时令，湿润
黏黏糊糊
如，一块拧不干的抹布

莫非是太阳故意退舍
才让云雾氤氲
几缕炊烟
吞吞吐吐未解个所以然

倒是有只布谷鸟在垄上盘旋
优爽的啼音
把耕犁磨砺得锃亮

瞥视——
雨后的旷野
方圆全是庄稼演绎的"辞藻"
　—韵味浓郁

◎ 倾斜的风

阳光普惠。始终秉持
适度的温润
风，恰似一位调侃的魔神

时而与你撞个满怀
或拂袖，又匆匆吻别
来去随心所欲

我尝试在驿动的花丛间
去捕捉你的倩姿
然，稍迟钝你就立马销声匿迹

你可恣意地将禾吹绿
亦能把谷拂成金黄
稍倾斜——还会送帆孤远

◎ 散落的香

沿古城河健身步道
缓行挪步。一路览风景

绵延的遗垣
以及林林总总的铭迹

仿佛是半串斑斓的项链
拙雅凸显

粉墙黛瓦与小桥流水人家
如枚枚精致的印章

逸境摄取颇丰
包括篱栅姹嫣的蔷薇

馨韵弥漫。不由自主有
抚今忆昔的遐想……

◎ 从麦芒里取出火焰

与众多的植物近缘
麦子也是由萌芽脱颖的

稚嫩的芒，青涩
一如，人类的青春期

经时间的磨砺
以及养分、光合作用的日哺月沐

锋芒，渐行毕露
像尖锐的利刃，直指苍穹

此后的情形，返淳归朴
领悟了谦卑的禅理

捧出麦穗的金灿烈焰
将希望燃至丰稔

◎ 年轮

修枝整形。裸露一个个
横截面
从分裂的环状
大致可辨认，浅表

那疏密的脉络与清晰的色度
待依据细胞学
环境学
乃至气象学，来一探端倪

于是，我由此联想到鱼
的鳞片
鸟类的羽毛
以及动物脊椎骨

这些许，也多少影射了我自己
比如母亲的妊娠纹
和那块胎记
都深烙在基因的遗传中

◎ 寻找迷惘的出口

等一场暴雨。是我许久
的祈念
欲把累积的郁，舀洗濯清

人生仿若可塑的模具
当成型后才恍悟，命运真的好离谱
沮丧又无奈

来一场，飓风可否？
好让乱麻的头绪，掏出来捋一捋
再植入少许花香鸟语

然，并没有兑现我所愿的
至此，一边是霓虹闪烁
一边呈暮色弥漫

而，这些……
都属于，截然不同的旨意

◎ 改变，在于勤勉

从朝晖至落日。仿佛是
一天的文案
日记的内存每时每刻都在铺张

闲暇，喜闻乐见速览
偶有点睛之笔
也会当佐料，小醉一番

人字的释义：是双腿不停地挪迈
倘若，苟且偷懒
骨骼筋络就极易卡顿

运动不可或缺，思维才
避免短路。我不由得再一次
拨弄"俄罗斯方块"

◎ 闭月羞花

凭栏幽忆，寻觅旧影子
清风，一拨接一拨
递过来

黄昏的斜阳。在一排法国梧桐
婆娑的叶隙间
乘虚而入

湖畔，几朵莲静谧
蕊，略显收敛
以婀娜的小蛮腰，淡定自如

而她的嫣媚
唯有在星月依稀的夜晚
——才那么风姿绰约

◎ 此处，恬静依然

凭恃一条马路的界域
竟把闹静
拼凑得如此奇趣

背影，还嵌于繁华之中
脚趾已抵达幽僻。移景换貌
如迈一道门槛轻易

我不采撷虞山的新意
只探旧迹
一截古城墙，率先向我解读

剑门的峭，缘于绝壁扶云
尚湖，烟波浩渺
而最梦萦的要数沙家浜

那大片芦苇荡里孕育的种子
曾经
播撒了红色的基因

◎ 秋分辞

日子像"圆规"那样，划向
惯性的节点

……流水汩汩
盘算着一年的盈亏

云朵依旧戏慢。再一次替
阳光调拨了射线

淫雨潇潇，将硕果洗濯透亮
也点痛了某些暗疾

于是，秋风道出了原委
从此夜长多梦……

◎ 一片落叶的弧线

从一路冲刺至停顿。其间的慢行
仿佛特给自己留一个缓冲

黄昏与黎明成反义词
生命，永远属于一场无法复制的绝版

之所以对一棵树情有独钟，因为
它更贴近我的履历

万物皆有说法，看你如何理解
美丽厌倦了，莫过是躯壳

一枚叶子，演绎得最为真实
不仅仅有碧翠的荣耀

亦有谢幕时那洒脱的瞬息。这好比
替代了我想做还没践行的部分

◎ 一隅静谧的院落

金秋季节。几乎所有的丰盈
都在等候孕检
茱萸，分外地艳红

而少许孱弱的部分。趁着风声还
远未尖锐
已经悄然地逃之夭夭

一宅犬摆尾求食，边啃嚼残骨
边伴花甲耄耋，慢度时光

尔后是一群蚂蚁的猎场
这或许是越冬前最奢靡的一次掳劫

云朵再次把太阳西挪
从古槐树稀疏间投下的碎光
像一摊虚拟的金币

◎ 寒露

风乍起，隐觉被阻力拖拽
草木也貌似矮了一截
小河纤屑，比往日走得更急些

陂陀遍野菊黄
给蝉噤荷残的午后
平添了几分寂寥的素妆

远眺，是一排排水杉托举的轮廓
另点缀了大雁迁徙的速写
呈 ">" 符号阵形……

迂回折返，已临近黄昏
崴了脚的我
喟叹余下的路，越来越坚硬

◎ 速写

奔驰中览风景。纯粹是
潦草地敷衍
视觉多为拖沓虚缈

唯有在旷野的地平线
方能够篦梳到
那一拨拨跌宕不羁的剧情

天瓦蓝，云朵缱绻
邈廓的山影，犹如祥瑞的图腾
而大自然却逆不了反刍

鹰的敏锐，豹的疾速
以及溃遁的犬豕……
无一不在上演窒息的瞬间

◎ 绸都浅忆

俯瞰绸乡的版图
貌似一枚被蚕齿嚼过的桑叶
非天方夜谭

如喻洛阳纸贵，哪敌盛泽丝逸
溯源。华夏古有齐纨，秦绮，鲁缟
尤宋锦，盛誉一筹

……倘若寻踪
此域的市井，码头乃至戏场……
都与绸韵，千丝万缕

检索一些史记——
村坞，户户均有桑蚕蠕动的脉络
河浜，频载贩茧的桨声

而今纵览西白漾
仿若一匹巨幅素绸缎
帆影和鸬鹚，正编辑着画卷

◎ 由雾形成的盲区

并非我故意地目空一切

之所以茫然，是
因为猜不透彼岸的左邻右舍

视野被氤氲重重锁屏
只有近距的波澜，虚晃地递进

此刻，宛如隔世
疑似湖央的渔舟是一座孤岛

可随性臆想。用东侧
虚幻，去揣摩西边的留白

◎ 十月

夜深日浅，应是这一季节
最通俗的谚语

雨水和风声正此起彼伏地蹂躏着
某些物体，并折损磨旧

一荷蕊，已偷偷露了馅
但仍欠确凿

于是，我梳理余下的意象
或再缓 N 个时辰，草尖就被染白了

……诸多炫弄与隐疾，都会
在深秋里逐一缴纳所有的遁词

◎ 叙白

与白搭配的词语，较繁杂
亦难以匡算……
不过与其他色混合，难免劣势
易被喧宾夺主

若以自身打底做铺垫，反倒
是某种成全
像书、字画等诸多范例
常于习惯的视线

故，白没有啥不好，甚不可或缺
白纸上能勾勒出最美的图
而时间是块橡皮
可适度对谬误作擦拭和校修

◎ 何为时间

它是无形无状，不易
破译的抽象
并植入了深奥的哲学术语

它永续鉴证物质的运动
无限链接，像一条
未知起源而又没有止境的长河

且，始终朝向一个轨迹
循序延伸……
具有最客观的公允

假若将时间比喻为一把刻刀
那么，万物
——都属于它的作品

◎ 暗器

一旦中招，势必坐实某种
肉刺的隐隐作痛
人间，纷杂而诡谲
一如那春夏秋冬，变换

春，譬如亚当的情种
亢奋地燃烧，缘于夏娃的执着
秋，一半归分娩的荣耀
另一半属偷吃禁果的苦涩

伺机的寒露，已经初显端倪
所有腊味正在炮制中……
冷不防的冰雨。迟早会像
一枚枚钉子，扎入肌肤

◎ 隐忍

有时不得不妥协，现实
所给予的裁剪
因为渺小而经不起重器的碾压
故躲闪是最好的托词

一如秋叶的遁逸，或蝉音
黯然封喉。抑或草根
亦难以忍受冰雪的蹂躏
将希冀，屏息地蜷屈于泥土

其实，她与芸芸众生趋同
在逆境旋涡中
一直颤巍巍地活

无时无刻要提防着疾风
怕，一绊脚
就随尘埃一起被席卷

◎ 季候

郊域，被一股冷空气裹挟
一股西北风
隐约传递尖锐的笛音

难怪太阳诡谲，只打个照面
就把所有的秘籍
锁进云匣

眼前的河床呈一败涂地的境况
残流，迟疑
仿无法对接下一只袋口

唯有芦丛慈悲
将几近衰竭的领地，全腾挪
给了越冬的巢穴

◎ 立冬

一晃。季节又兜个轮回
时光如我，难免也有不舍
像小酌后醉意未尽

故，浅冬的步履试探地走 S 形
与秋尾暂且维持拉锯
况味不明晰

亦不见雨的踪影
西北风，或许仍在编辑着程序
之于冰雪，更遥遥无期

一些敏感词陆续撤离
残留的总依恋分分。唯那块
石头，不再牵浮萍的手

◎ 鹜距

欲抵近。却一次次被
涟漪婉约地拒签

惑挠。慌乱地又摸不着
哪个回撤键

也许水太清澈
反倒更藐视了鱼翔的底蕴

故此，心澜收敛
维持某种模糊的隔屏

甲不迎；乙也无意冒犯
仅凭一些揣摩默读

◎ 泡沫

毋疑。啤酒里含有此类
最喧腾的诠释

而这些表象，与水分相关
亦具某些化学的概念

如顺序倒置、引申
到其他某些冒险衍生品

一旦辨识度匮乏
难免误入于肥皂剧的套路

K 线，既可乘火箭
也能盘尾兑换一根绞索

原本窗外，呈一派绿茵或蓝天
现已被楼宇割成碎片

由此令人警醒：
——那条"斑马线"的义涵

◎ 等一场雪

入冬。北方疆域总是
率先染白
封盖地表的秘籍

而江南流域却乍寒还暖
速读一些鸟翔
冷静划出几道剪影

与之对应的草木
正不断清癯。因秋后的旨令
仍勒索交出最后的罚单

我，别无所求
只祈祷在一场雪花飞舞里
再次孕育祥瑞的一年

◎ 又默忆那个磨刀人

在厨房里转悠。分明为
一日三顿的填充

所有的烹饪，预先
怎么也躲不过一把菜刀的判罚

尝试舌尖的味蕾
我也蓦然想起那个磨刀人

自打有此拾遗补阙
时光才于反复地砥砺中磨出锋刃

……时至今朝
我仍念念不忘那道疤瘢

深谙一把刀的哲学：
"祸兮福之所倚，福兮祸之所伏"*

---

*引自《老子》。

◎ 逆风知劲草

.

入冬后，大树卸去旧装
伸展皴皱的指尖
为天穹雕琢一幅镂空图

埋没脚踝的野草
在风的鞭策下，呈波浪形倒伏
又一次次渐序复原

而我在逆行中也打起趔趄
隐感精亏气损
仿佛已不及草根的韧性

◎ 未知，藏于拐点以后

打开午后的南窗
却，并非昨日的剧情

门也如此
一阵风，呈侧灌偷袭而入

云朵，萎靡懒散地碎步
搅乱了阳光的秩序

似乎就在同一瞬，红枫与蜡梅
互换了生死

确实没法预估：惊喜和意外
究竟哪个为先

一条鱼敏捷地游弋，而后
冒出一连串问号……

◎ 零，即圆

世界上。形象最善真的
无非两类人莫属
一老与一小

幼仔，纯粹一张白纸
所有童趣
都是从零开始涂鸦

而耆年，经旷久的摸爬滚打
已沉淀敛羽
且越来越抵近圆点

不过，爷孙俩神态貌似
一双眸清欢，如泉
另一双瞳慈蔼，像一尊佛

◎ 佯装

夜——
当灯火替代日照以后
一切变换了视觉

部分标点突兀
有些呈虚廓，若隐若现地
诡谲惑众

此时，某些痼疾、淫逸、弊欺等
都会私欲膨胀
于浑水里网兜猎物

一群知更鸟率先啄破晨曦
前的黑。还
——尘世清净，如初

辑三
2020 诗选

释放着绚烂，使信仰

获得可能的期许

◎ 与枫叶的告白

这个冬季令我最专注的
要数枫叶
婆娑，落英缤纷
属于时光靓丽的语言

走进树丛。落叶已铺成了
柔绵的地毯
我尽量放轻步伐
生怕踩着记忆的痛点

有个旧匣子，我始终锁闭着
钥匙，一直捏在手心
却没有勇气插入
也许默念是最好的祭奠

悦耳的鸟鸣将思绪
从沉湎中拽回
视野，豁然恬逸
掬一把红，拾级而上……

◎ 偶然性

习惯地念及惬意的事物
譬如晨曦里遇见，朝旭喷薄
旅途一路逸景

而一些恼人的揶揄，时会
无故来蜇疼
欲避讳，愈黏附

静，是唯一的出口
观杯中沉浮，悟世态冷暖
修性戒躁即云淡风轻

犹似，我仰慕的一棵枫
偶尔的侧背面
蘖畸枝，亦可忽略

◎ 淋湿的思绪

昨夜的雨绵稠不尽
故今晨，继续顺着屋檐
滴滴答答……

风，只是在树梢上打个照面
一会儿又闪至别处
拨弄是非去了

此刻的心扉，多少淤积点情绪
就像潮湿的皱褶
急需一抹阳光熨烫

如能以愁绪篡改另一种形式
也罢。就用韫蓄的冰花
来兑现，见雪为晴

◎ 墙

所有的围城都有耳目
与域外联络
门窗貌似最原始、通俗的媒介

有些仅以藩篱间隔
形态镂空
然，却有其简约质朴的美学

而网络，更多的是某种
虚拟的屏障。如入戏
太深极易沦陷

至于那枝红杏出墙。尽管
壁垒宅深
也难锁一颗花心

◎ 追光者

必须招募诸多的假设
来校验狐疑
方能够让虚谬，不攻自破

如果沧海缺乏灯塔引领
舵手注定茫然失措
彼岸，无法安抵

如果是在漆暗中摸索
步履势必犹疑
哪怕遇一只萤火虫，也会欣喜

如果寒夜的末端，没有啼鸟
将黎明啄醒
太阳决不会准点来抚慰

如果，垒叠的词眼
非要指认，一种不可或缺
那，唯独是光的神明

◎ 凝视

事物，喜欢呈递光鲜的一面
而把暗影挪开

缀一些伪装的名词
藏掖的东西就难以窥度

务必仔细一点，才会挑剔瑕疵
发现隐拙的缺陷

那些被虫咬破的洞
又何尝不是一个个瞳孔呢

其，背后
从不缺席敏锐的凝视者

恰似黑夜里
星星一直在检审我们

◎ 伎俩

凸与凹诠释的是反义
所有内涵对应恰当的措辞

但每个浅表，绝非
等同于一个真实的定义

反串，是娱演的技巧
而伪装，纯粹属另类的隐晦

魔术师惯耍的是，蒙掩
或移花接木

一些把戏能风靡旷久
诸多的却止步穷途

虚象终将会被敏慧戳破
无非一个，早晚

◎ 踏青

择阳春二月末尾、一处
郊外的幽隅

孤游，并未觉得寂寥
甚感几分独醉

蓝天碧水，被逶迤的山峦
牵挽

云朵、帆影、鸥鹭……
是插叙的过客

唯有驳岸、垂柳和马蔺
才是妥善的尤物

一支画笔潦草地勾勒
浓描或素抹……

至于某些的留白，可否让
第三只眼，去揣摩

◎ 闲游桃花坞

倩俏的枝头，总是
先于脱颖
一小片花瓣正略微翘唇

嗅探，吸吮缕缕幽香
曼妙的丰姿
貌似蝶翎颤羽

恍惚间，瞬又浮泛韶华豆蔻
青涩而烂漫
在情愫的纷飞里依稀呈递

蓦然回首。再也搜不出
那桃之夭夭
——勾魂的第一朵

◎ 失踪

在视野的维度里。总时常
有一些
爻象叵测

熟稔和生疏，均存
如墙边一株紫薇
不经意就会修剪部分的花叶

以瀑布，引义
顺利抵达逸境的，并
非属于先遣腾跃的这部分

抑或迁徙的雁鹜
难免半途迷惘，落单
甚命悬一瞬

活与重逢，是多么美丽的奢侈
唯恐偶尔一个岔口
——兑换了永诀

◎ 镜像的趣味

从没怀疑过，镜子是一种
明晰的复制载体
一个眉垂或睫毛翘扬
都会留下证词

水，也是。不过
尤宜清澈见底，作修辞
山峦、枝丫、桥块、鸟翅……
倒置的影，并搭配涟漪的纹饰
呈递雅逸的元素

如果谙熟相机的术语
就会变焦调谐卓越的分辨率
而更直观的是瞳孔
可以将自然界的趣味原创
尽收眼帘

也许不仅限于浅表具象
内核的隐喻
亦能窥探地镂琢三分

◎ 悬崖

形似被劈凿、崩裂的断章

除非玩极限的攀岩者
一般的恐高症，会竭力躲闪
这个名词

而，生活中的堑谷
亦险巇密布
有谁能够维持一贯的祥瑞？

譬如战乱，灾害，病魔……
每时每刻都在啮噬着生命
甭管你多么谨小慎微

意外，冷不丁就会袭扰缠身
因为天下的路
不是每条都划好斑马线

脚底下，甚有遗漏的盲道

◎ 界限

总有邂逅的一些，是非
在分水岭角逐
抑或在泾渭之间交集、过渡

缓冲地域，该是润滑的谐音区
摁灭疑惑的冷眼
方可，让对峙收敛

互递善意——
萌发涟漪的端倪
继而弥漫出祥和的基调

于某个晨曦，或某个晌午
藩篱处
脱颖一截，橄榄枝

◎ 疑惑，一些表象

某些显然的存在，转眼间
即化为虚无
而视线未及的又会在某一瞬
或某一个位置现形

我洞悉到身边异样的风
抓与不抓皆为空
浑水里的鱼，无非
是，乱摸

有些河，流着流着就迷失了东西
有些云已锁定目标
有些物，生即死。甚
有些石头内核还隐藏玄机

◎ 初夏

一些荷叶正拨开浅水
蓬勃地向上托举
为一支支笔毫腾挪空缺

雾霭，酷似铺一张柔薄的宣纸
云，鸟，鱼影，涟漪……
都在朦胧中谋划

几片叶子的掌纹上
还抠掬着春天谢幕前的某些
征兆

侧漏部分
或许是留给庚子年夏季
最隐谲的预言……

◎ 各有说辞

相对于土而言。水，向来
没有户籍
近乎永久自由的移民

河，清则无鱼
混沌几分，反倒更接近于本真
湍流处暗藏玄机

一些鸟天生就不安分守矩
雀舌擅长戏言、谵语
捕风或捉影

浮萍，秉持惯性地随泊
漂，是宿命的幽梦
唯有石头最泰然，未挪寸毫

◎ 铁匠铺

铁匠的证词。须从记忆中
重新慢慢地打捞……
坯烧红，锻打
待淬火后方可显示本质

多少的英雄豪杰，何尝不是
历经各种熔炉
冶炼抡锤
才一代又一代，脱颖

从生涩至熟稔亦是一个
蜕变的过程
造物如此，做人做事亦如此
融汇方可贯通

我把诗隐喻一把匕首
置于星光里磨砺
剔除层层锈斑
用锋刃，挑明暗藏的悬疑

◎ 辨识

人间。近似一个大染坊
多元而杂烩
轮番制造出炫彩缤纷的介质

又或是，一直在演绎无穷
变幻的"肥皂剧"
偶尔冷不丁骤然吸睛

一夜蹿红。固有其
驱动因子与萌生的土壤，抑或
不乏娴熟的伎俩

不过多为昙花一现
能被沉淀的大凡法道渊博
就像某些翘楚

◎ 夜的恐惧

午夜。她孑然牵扯一个身影
于昏暗处游荡
脚下每一步都踩着虚空

盈满憔悴的眼睛
遥对星空。却喊不出一句谶言
若遇一堵白色的墙

风，加大鼓吹的频率
使茂密的枝丫互相猛烈推搡
她显得尤为单薄

活着，难免滋生"结节"
可余温总难溶解那块冰
几时才是黎明？

此时，她若汪洋中一叶残舟
落魄而迷惘……
急待一束光的引领

◎ 小满帖

夏渐浓。万物与雨
签署了契约
且有更亲昵苟合的企求

泥土快速吸吮
把每一滴水都视为甘露
助力攀缘的臂，节节拔高

干瘪的河床
睁大了饥渴且兴奋的瞳孔
恭迎澎湃的汛期抵达

鱼，逆流而上
绑定一张三维导航图
四处寻觅失散已久的后裔

山峦，丰乳凸起
坚韧的脐带沿峡谷环绕
沃润每一个，生命

◎ 知了

来自冥处卑微的一些族类
对之概述
对众人而言或是很庸常的物种
我习惯称之为吹哨者

与身世不无关联
一生，百分之九十几都在
阴暗里匍匐
郁积了无数次窒息而难挨的焦灼

沿根系攀陟是唯一的活路
树，赏赉你栖所
高八度的唱词——足以
佐证你，对光明爱得多么耿烈

◎ 难逃一劫

盘桓，是每条鱼惯例的循蹈
游弋于核定的流域内

沉潜或者浮翔，都是为
捕猎与躲避所修炼的技能

浑水里得以生存
安全与危险的概率，几乎均摊

鳞族多半嗜好逆流向上
因而，也容易误入迷恋的惑

且屡次咬中诱饵的钩
一切都悔咎于七秒的记忆

◎ 时光易碎

时间是一趟无悔的单程
雅俗，都予以接纳

能活成诗，属于最美的逸境

一些雾霾会遮挡视野
妥协，可谓是惘然之后的淡定

务实谋略，悟禅理
有些词藏在心底，掺入酒中
且止于言表

一抹余晖，正徐徐向西挪
静夜里，自慰抚伤

月儿，仿佛扳成了弓
一汪心湖，被射得满面皱纹

◎ 麦子熟了

芒种。秧苗正渐序移栽
而麦穗已先于收割
取一粒麦咀嚼
总不免有一些反刍的遐思

从隔年的播种、萌芽
至新春汹涌地拔萃
怒放的芒刺
霸屏了成片绿波浩瀚的视野

当，青涩泛黄
那些低垂揪敛的隐语
都一一镶嵌在沧桑的眉纹里
况味，一直是那么淳朴

◎ 给

一生。伴随最多的是光阴
其间的平仄凸凹
与苦甜酸辣
都潜伏在前方的岔口

所幸，岁月于蹉跎里仍能赐予
反复地赎免
而，一些寒湿却潜入
踝关节的旧疾之中

余额显示，越来越少了
所有激进的言辞
已开始日复一日渐渐地滞涩
锐气，骤减

宛若觅食的鱼
总惧怕被一些诱饵钓中
失据的义涵，可否
解读为，某种逻辑的奉还

◎ 飞蛾

对于飞蛾，我向来就
保留某种猜疑
同样毛毛虫的前身
它，终究没能像蝴蝶那般
华丽地蜕变

一只在明媚的艳阳下
徜徉花丛中授粉
另一只永远地苟贱于幽暗之中
寻找着光标
哪怕就一丝丝微亮

所谓，两个极端的界域
黑与白就隔那么
薄薄的一层
为了信念
飞蛾一直义无反顾地扑火

◎ 沙家浜

记得那天，我们都是怀揣
期许来赴约的
旨为淘点沙家浜的秘籍

烟雨中芦苇似一丛丛浮岛
乌篷，悠漾巡梭……
时有鹭鸟，嘤咛几声软语

闲步于"春来茶馆"
灶台与铜壶等，黝黯中浅泛哑光
隐喻，藏匿一只水缸里

寻索史志页码
重温当年与寇智斗，烽燹之烈
阿庆嫂又鲜活了一回

俯瞰芦苇荡
因蕴红色基因。沙家浜
这枚落款才如此地气定神闲

◎ 抽象的隐义

画面匪夷。多种答案
都皆有可能
借一把刀来剖解
较适宜

单凭显露的那一抹艳唇
绝对，能诱迷一大拨目睹者
攥紧的黑手套
倒是隐喻了些许端倪

一些贪婪者，压根儿不会
顾忌弱小的痉挛
舌尖的味蕾
已突破了想象的空间

世界，每时每刻都在刷新
人性的颓废却无减
给濒危留条生路吧
与自然多点善意和解

◎ 匍匐，都为求一条生路

幽冥中苟活。一定是
胆怯而警惕的
时刻提防暗器
且被众多阴谋诡计围歼

地窖里生存，尽是苦难
的异族
譬如蚯蚓，蚂蚁，蟋蟀……
常年以黑为伴

偶尔也会捅破天窗
作短暂深呼吸
或某种猎奇，更多的恐怕
为了果腹而储备越冬

蝉是最骁勇的哨兵
当攀上六月灼热的枝头
几乎一整夏，都在替无辜者
——诉冤

◎ 暗处，总有提灯的人

荒途上，夜跋
离不了星月的眷顾

一束束霓虹灯，也使幽暗
变为逸境。于是

我仿若瞥见了
众多善举与菩萨的慈悯

不管手持炬焰或萤火
都是福佑的仁义

光，不仅擦亮黑色地带
亦映衬灵魂的高尚

◎ 悲伤书

滂沱后，湖面膨胀
许多名词
相继呈递了突变的异常

蒹葭在深水里，跋涉
残舟欲停泊
驳岸，却被淹没了踪影

管涌溃口湍急，撕裂的疮痍
在呻吟。啮蚀之处
瞬间成为一片片渊沼

远眺，泽国茫茫。一簇簇
凋零的彼岸花
像落在盛夏里的一场雪

◎ 初秋

以一片林子为背景
雨点呈浅绿色，风也似乎

片刻的逸境
竟让我错觉季节的倒置

立秋，形同虚词
而暑况还在明目张胆地霸屏

八月里体验的
无非就是催缴夏日滞纳的罚单

因此，所见之物
仍在忍耐烈火肆意地炙烤

不过，反复积郁的情绪
也掩隐着某些端倪

诱惑之秋，喜忧参半
忽想熬一帖御寒药，备份

◎ 我不知道风往哪去

风乍起，吹皱一池秋波
悬浮之物
演绎平仄韵律……

山兀立眼前，也映在水间
熟悉或陌生的姓氏
仍保持几分淡定

而风除外
既是名词也貌似动词
呈无影，无形，无色，无味

其轨迹神秘
且把叶子拂成墨绿、殷红，乃至金黄
甚撩拨瓜果弥香

当气息宁静
我却丝毫不觉它的存在
亦难猜度下个风口

◎ 季节的絮语

光阴，一直于午夜间更替
七月的烟火
递给了，八月来炫惑

目及之处——
每一种脱颖、拔萃
都在隐喻某些新的证词

盛夏里的展物，艳冶
除昙花一现
且有诸多如百合、红掌的托举

莽然野草。淫雨后
又一次次鲜活
倔强地疯长，何惧戕虐！

此际，我的思绪
仿已悄悄地潜伏至秋的渡口
嗅一袭桂花香，浓郁

◎ 秋风里的秕谷

该给季节一个交代了

所有的角色
正在捋袖抹掌

晚粳以饱满、虔诚的形姿
向农夫投怀送抱

其间也潜隐着李鬼
譬如秕谷，就是典型的
虚谬主义者

即使侥幸地蒙混过关
末了也躲不过
一场秋风的撇弃……

◎ 摇曳的秋菊

石头因洞悉河的泾渭
姑且淡定
宛若风，瞒不过树的耳朵

遍地的野菊，丛生
谕示了这个季节的厚度

插足，并非非礼
而是意图某项思维的置换
窥探彼此内核

我一会儿便沦陷，醉其雅逸
片刻又被凉风泼醒

……仅零碎的哑语
就让我体悟菊花的暗殇
即霜后，厮守的凄美

◎ 寻找释怀的出口

雾，缠绕山腰
却拦不住香客匆匆的行踪

蹊径，拾级而上
每一步都在循蹈虔诚

世间无圆满。凡浊气染指过的
已难刨出净土

日积月累的困惑
需寻找某种释怀的出口

当一次次折返
视觉都会被擦亮

常耳濡梵音。灵魂的疑忌
兴许会慢慢地消解……

◎ 雨的印记

无意那穿堂风，却着迷
——陋巷雨

忆往昔，思绪被凝固的时候
欲借助液体来稀释

那一股毛毛雨
或许是最妙趣的媒介

四十五度斜泻，刚刚好
灵犀地撬开了钝涩的锁

心扉，随之敞亮
使矜持的花絮，飞扬

偶尔也太忘乎所以
竟奔跑成狗尾草的模样

◎ 黑洞

并非一眼就能揭穿阴谋
起初的小斑点
尤容易躲过视线

凹陷的雏形
多擅长耍一些噱头掩盖玄机
或以奇花异香来迷惑

……误入圈套
似乎属于顺理成章的事情
不自觉间沦溺深渊

当苏醒一场魇梦
所有的情节
早已为结果埋下了伏笔

◎ 被秋雨涂改的意象

一场雨，与某些的焦虑
发生摩擦
萎靡也就有了"复辟"的祈求

潇洒的秋雨里，掺杂
几分酸涩的矜持
默认的芦苇，颓姿比比皆是

湖面在风舞的间歇
难得那么宁静
故，削减了对浅岸的袭扰

纵深处——
两三鱼鹰在迂回穿梭
每次俯冲都会写下……省略号

当乌云再次压境
雨矢纷纷扎向半爿陶片
幻觉，整个季节被煮熟了

◎ 预兆

晌午的情绪。并无啥驿动
倒是早晚凸显了冷凝

十月暖阳，斜递
仿佛赠予石榴树一兜的红包

让秋季的韵味，勾芡得
分外浓郁

遐思揣摩，亦能捋出新的含义
比如水位与风向的细节

几丛芦根暴露滩涂
任凭左右垂摆。以至于几支

管茎吹奏虚幻的旋律
像是来自西伯利亚的玄音

◎ 凛冽，即将来袭之前

立冬以后，寒气却
迟迟不愿露馅
这给予秋的意象多了些许
延伫的机遇

在落英缤纷的小径上，漫踱
若触及刨花般蓬松
踩多了未必舒坦
只觉得足底有一丝丝痉挛

斜风正从背后流窜而至
除推搡灌木
亦使细瘦干瘪的花茎弯成弓
然后尝试着复位

对之，我无法避视
却又爱莫能助
隐测：迎霜傲雪的野菊
与蜡梅是怎样交换的枯荣？

◎ 风刮来 20 世纪的气息

幽谧的巷子，像一口老井深沉
旧烟囱让人忆起了遥远

池潭漂泊的云，自有来处
隐语或就藏在皱褶里

过往，所以难删是因为
苔藓下面仍保留清晰的凿痕

每个朝代的烙印独具无二
光艳与黯淡，都封存案卷中

时而会凭借轻风吟哦
辨析那些被遗忘的轶事

犹如一棵脱发的老紫藤
仍然固执拽着失去风筝的线

◎ 冬至帖

日子，有条不紊地循蹈
若手上盘捏的佛珠

某些名词，就在黑白替换之中
规言矩步地迎送

冬至的节点。意味着
一批抵抗与另一类的萌兆

枫叶，舞动恪惜的红掌
紫菊则握成了拳爪

而一俏梅，瞬间已隐显骨朵
更多秘籍还雪藏在褥下

◎ 信仰

精神的皈依，不可磨灭
除非扼制呼吸的喉

进退，皆有度
太偏倚，极易沦为定义的魔咒

人世间本应无贵贱
都归咎一念：贪

兀傲背后，往往拖拽着暗影
恰似一根挞伐的鞭

所幸阳光下，不缺乏善真
即便良莠不齐
仍能翦缀一轮丰盈的廓

辑四
2021 诗选

且，原本平庸经修炼

凸显异常的丰满

◎ 沐浴，一米阳光里

南偏左。一庞然物体陡峭
固执耸立在那儿

窗被屏蔽，半晌昏暝
且穿堂风乘虚而入

幸亏午后的太阳，准点来践约
将暖，一股脑灌输……

斜卧于藤榻。模拟一番
"醉仙"躺，也算幽默地自慰

此刻宜抿茶、吟诗，抑或梦呓
掬一缕斜阳，慢度

◎ 来路

一些左转右拐的风
指向不明
只留下枝头摇摆的痕迹

月光在树上扫描
像在翻找昨夜里遗漏的部分

如此刻的我凝视一张
旧照片发呆
眉宇有细微的痉挛

原点不可溯源
碎片化的概念更难以拼接

我知道背景有缺憾
但并无悔
正努力修正自己的惯性

◎ 另类

蚯蚓属于不见光日的卑物
居暗潜幽，且
伸缩变形的软躯
是朝耕暮耘的隐士

故坡陀草木
才那么恣意地野趣不绝

而地岩下也活着另一群小众
他们饱尝寒湿
挖掘藏匿的末梢，每
掏出一块黑，就如同时
将性命交予了时间

上一秒清醒
下一秒往往叵测……

◎ 旅人

低头赶路，会麻痹沿途的风景
从荒僻至一处繁华
是转眼的跨度

而冬夏，隔开了一季的距离
瓦楞中留不住的雨水
会流向潮湿的暗

寒夜，风嘎吱叩门
犹如一句魂牵故乡无法释怀的词
却始终提不起干瘪的行囊

每逢万物复苏的春
梦，一直紧攥着
不停地寻索，又时而会迷失

◎ 春天叙事

晨露。静怡地伏在芽尖上
随微风晃曳
呼唤更多的绿，聚集

脱颖的迎春若瀑布
率先绽蕊
悄无声息地烂漫

渐而是二三月的花絮
梅，桃，海棠……依次呈递
香味扑鼻

幽巷轩榭间的漏窗
一枝杏儿，正屏息聆听
挠痒痒的音讯

淬
火 *Cuihuo*

◎ 燃烧

黄昏是夜的渡口；也是
白昼驿站

晚霞比昨日更稠密
若喧腾的闹市

抑或似舞动的幡旗，漫卷
更像熊熊火炬，在等
最后燃烬……

戏终有谢幕时，正如白
被拉黑一样的结局

无论绚丽与灰暗
离别时
都会留下片尾的绝句

◎ 碗莲

三月的葩卉馥郁
瞥向哪儿都会被视野沦陷

……兴趣骤然
取几粒种子掷入水中

经过多日的沉寂
静待芽尖逐个顶破硬壳

一枚枚嫩绿扶摇直上
竞相卡位

恬谧的逸境多半在孕蕾以后
于无意间的一刹那

我对结果并未额外期许
玩味的是一个过程……

◎ 树洞

随意地给它定义，港湾
或屋檐下，抑或
座寺庙均可以

平生，磕磕绊绊庸常，峰起
谷落难免。如遇见不测
需懂得脑筋急转弯，寻求规避

而情绪上的堵塞，更甚
网络的加持，为疏浚
与互慰修筑了驿站

不是所有的凹鳞，都可以庇佑
有些曲径通幽，却暗藏玄机
一戳破，即会险象败露

◎ 寻趣

适逢，神驰情漾的时节
徜徉于郊域，料定会
捕获到许多逸趣

鸟啼、花香，及柳曳
勾勒出一道道
层次感、油画那般的肌理

湖畔的绿，由虚实缀成
明暗且宁谧
人是移动的标签

可恣意将帆影和鸥鹭，尽览
或偷窥水底的动静
抑或仰视浮云

除之，还允许冥想别的
即所播下的迷
须待秋后，慢慢阅……

◎ 起风了

雨像一把竖琴。隐约搁
置东西
拨弄的仍然是那对兰花指

风，似神秘地和声
贴着湖面拂来
或急忙朝几枝芦苇袭去

山里的寺庙，依旧梵音缭绕
拾级而上。都为卸载包袱
有些人已抉择

部分，还在岸边盘桓
我一边倾听时间的嘀嗒声
一边想象水的形状

◎ 入夜

当西边的枝叶，抹去
光斑的时候
形色已不再翘楚

意象，且渐次被昏暗屏蔽
所有视阈范围
呈现寂谧的朦胧区

风，欲修改线谱
使婆娑的树影更趋诗意
韵味含蓄

五更后的蝉、蟋蟀等
一系列昆虫
开始预谋潜台词

值此，星稀而月朦
那些窸窸窣窣……
正伏卧领地，梳理心境

◎ 光

初夏的晨曦较为腼腆
如鱼肚白柔嫩
渐渐地牵引一轮红

午阳，一贯秉持热络亲和感
晚霞则循蹈收敛
匆匆地将心事藏于怀兜

弦月拨开云烟
让银色，悄悄涂亮粗糙的陶罐
再凑合一把零星余晖

窗前的灯，呈主语
孤影正伏案吟咏
萤火虫恰嵌入一粒逗号

◎ 麦地

与稻谷最大的分歧，麦
在于旱植
且不同一个频率
诚然喽，阳光均不可或缺

每粒种子播撒，都能
灵巧地定位
并在适宜的土壤里
安顿各自的窝点

拒绝矫情，倔强地萌芽分蘖
拔节。经风雨的洗礼
及墒的护佑
可任性地维持一生

而芒刺，却有另一番措辞
青涩地锋利凸显
皆为裹紧清白
待黄灿后才缄默收敛

◎ 田园

黎明。隐约苏醒的古村落
还沉浮在氤氲里
黛瓦的屋顶，若皱褶的补丁

几缕炊烟疑似忘了打结
而飘散的线头
空气中，弥漫秸秆的烟火味

纯然一帖原汁的逸境

当苍穹提走皓月
朝旭，就从容地突破地平线
使得旷野谐趣葳蕤

如细心，可窥视更多细节
粒粒青果吸吮晨露
麦穗谦逊地向下躬腰

喏，一群"小精灵"左顾右盼
恋每株花草。无
愧田园里最勤谨的天使

◎ 六月的音符

夏至。梅雨簌簌……
花草挹掬不厌
河一如既往地接纳天外资源

只是空气间，弥漫一股
黏稠湿疹的气味
使得虫豸加倍孵卵

恰逢其时，有关收割的话题
由此渲染田畴
处处一派速写的试卷

我欲将许愿兑换为酒曲
包括浓香的奶酪
一并犒慰喜忧的六月

◎ 导线

好的体系，都能够营造
完善的架构

小如人体的经络
大到繁市的巨细配置

贯彻，源自血液的脉动
脏腑才会畅通

甬管串联，抑或并联
一切都循规蹈矩

导线，不仅为铺垫
且可扩容而延伸至无限

◎ 一切，皆有谢幕的仪式

既然花都不急于开在春天
那么，凋零也不是秋天的专制
常走荫道，会重复印证
这样的体验

香樟树就符合此例
春夏时，有些叶子就频繁地淘汰
曾好奇心使然
试图破译生死攸关的密码

其叶若薄纸一般轻
总随风盘旋、颠簸许久才落定
我，偶尔萌生挹掬的意念
欲让坠落多几分缓冲

◎ 距离

每至零点，便见证一次
光阴的嫁接
旧痕被新意删帖
使得细胞代谢，澎湃

世界，在明暗之间
呈曲直是非
当体会暖阳抚慰的同时
背影也感觉孤凉

这，很契合现实里的爱情剧
贤者曰"距离产生美"
而，"疏略亦容易越界"
一对矛盾体

纠缠，是犯错的毒液
唯化繁为简、张弛有度
保持适度的空罅
灵魂，方能自由呼吸

◎ 绝望者的赞歌

回避一些人类话题。而故意
把焦点瞥向异类
没觉得不妥

涧流，被驱掳悬崖边
未见怯懦
那壮烈的赴渊，訇哮山谷

蠕虫前一刻还东躲西藏防敌寇
后一刻就蜕变化蝶
这需要蓄养多少的潜质

所以，请别再藐视卑物了
飞蛾扑火的含义
是否应纠正一下歧误？

◎ 炎夏，若沐桑拿

无意间。奔跑的辛丑年
已跋距过半
酷暑的暴戾渐显
犹如石蒜，肆意吞吐殷红的
一串串"蛇信子"

视野，往幽处接驳
像被荫凉覆盖的一匹绉缎
拖拽水面的柳丝，懒散
似三五垂钓
却始终没引来明抢暗夺的骚动

跌落湖畔的斜阳
依然溽热。以至于临近薄暮
知了未递减尖锐的频率
一抹余烬残晖
仍在焗黄马甲的盐渍

◎ 窗外

木屋简陋，只剩一扇窗
然，观赏已足矣

瞳孔里，缀满了逸境
囊括动静之美

一截葱茏的领地，庇佑着
蜿蜒的小溪

鸟啼撕破宁静
撵逐的羽翼，划出弧线

几缕斜阳正见缝插针
修补，一枚枚残缺

◎ 雨后

风将疑云撺走之后，视界
即目明心清起来

黛色的瓦楞，纹理素净恬淡
残留少些顽固的苔藓

雨后，未孵出彩虹
倒是迁徙的鸟队，迅捷地掠过

池塘里的水，已举高半尺
锦鲤隐约在炫技

而青蛙，却暗处发泄
荷叶上的蜻蜓也只逗留片刻

◎ 由萤火虫联想到的

在一片漆黑里，嵌入了
几粒小亮点
并不起眼
宛似夜空稀朗散落的星光

世间千姿百态。人们
尤对一些高大上心驰神往
如江湖山川
乃至于霓虹灯下的魅影

而经常会忽略身边的细微
像树下的庇荫
路边一只旧凳椅
以及某处斑马线的搀扶

◎ 忘不掉的一些事物

情绪颓废时，尤敏感
与周遭呈一种莫名的疏离
仿被暗器
追尾

试图找个幽处卸袱
山岙的一隅为首选
拾级而上
隐约有神仙指路

当暮钟，隐约悠扬
我的心已若飘舞的树叶，坦然
再回眸那朵莲
似服了一瓶安慰剂

◎ 吹口琴的人

与赤橙黄绿青蓝紫，对应的
还有律动的音符
这本属，世态的原味

有一种和弦，总是从鸟的咽喉
婉转吐出，才使得
吹口琴的人更呼吸自如

乐曲虽不能屏蔽漏风的墙
却会撩拨意乱的心
或可，扶正倒伏的草

谐趣的，还不仅仅于此
绿荫下一张藤椅上
老翁醉得像个入梦的婴儿

◎ 裂变

一粒粒玉米，凡脱离母体
便是一堆干瘪的词语
通过粉碎、碾末
即转化充饥的口粮
或经炉烤增压，又会炸成爆米花

文字亦如此。想把散文
改成诗，就必须挣脱
原先的一切桎梏
将臃肿解肢、拆卸后再次提炼
冷不丁就会制造个惊羡

◎ 持烟斗者

深吸一口烟，又长嘘地
吐出来
手心里盘捏的佛珠
渐渐黏涩

山村，翅膀稍微硬一点的鸟
早已飞向远方
滞留下来的大半是那些
年迈体弱的耄耋

屋檐下，几位"老烟枪"
在翻晒旧时光
他们所期待的话题
经烟嘴弯道，反复地过滤
压抑得有些语塞

◎ 火车

无非是一座移动的居所
或者奔跑时
疑似，蜈蚣的肢体

更具体的应该像
一把梭子
将东西南北，编织一张巨网

仍喜欢旧时的印记
那一列，哐当的绿皮火车
曾载走许多乡愁

如今的高铁早颠覆从前
我还想在梦里
依稀重温一段慢节拍……

◎ 野簃

厌嘈杂。寻觅山涧密林
一处木屋，栖息

退隐，并非图安逸
而是让灵魂，贴自然更近些

部分鸟，总是先于人类
察觉黎明……

倚窗览景，捕蜂捉蝶
小溪，神秘兮兮便遛了弯

野趣浓。落叶伊始
少许驿动在悄悄复位

◎ 禅机

时光如一条隧道，衔接着
古今；又似一根鞭子
驱赶你前行
沿途的风景，无数
一些美，是稍纵即逝的事物
再次留恋折返
已不复存在

徜徉繁市，总虚荣地与
俏影做一番比试
当反省，残疵便露馅
漾一波酸涩……
曾对一朵夏花凝视，进而又联想
秋后的意境
可惜画面像模糊的纸屑
难以拼凑

之所以被惑捆缚，皆因为
欲望超载。需潜心念一本
《禅机》方能开悟

◎ 月盈时

暮色缓缓将黄昏收纳
一切进入
恬静的程序

那轮明月没有依旧
浮现在湖面上
而是，被一枝丫紧紧提着

这背景犹如故乡的一扇镂窗
内有影子晃动，多么地
像烛光里的慈母

一股愧疚从心底泛漾
两端遥眺……
注定了今夜，无眠

◎ 白露

知了偶尔还拖着尾音
欲取而代之的
是秋蝉继续在吟哦

由于阳光的直射位置渐渐南移
故黑白在拉锯中
夜占有更多话语权

进而寒意一日复一日地
浓稠，于是
敏感的词汇目不暇接

真相背后也显现诸多难隐
芦苇在朔风里
时常会，惊惶失措……

◎ 浅秋的修辞

择幽僻的一隅，独栖
可想入非非
或任意涂鸦心仪的文字
抑或聆听，于静谧
氛围之内的琐细

风，稍显薄凉
不过从数片叶子以及几朵
紫菊的蜷状
又似乎，读懂了
浅秋的修辞

季节向纵深挪移
原本一直喧哗的蝉音
已嗒舌缄唇
而鸟依旧啁啾，还断续
递来蟋蟀的隐语

◎ 凌乱

那些，源自大山的后裔
失散异域
各自都默认了命运

有粉身碎骨的
抑或被浇筑于混凝土之中
成为埋没的殉葬品

一些滚入河床的乃算是幸运儿
虽忍辱，棱角磨刓
硬核丝毫未变

最后，凌乱地镶嵌在幽径上
任足底摩擦。且始终
保持圆润而拙朴的质地

◎ 一道诗意的轩景

半开的一扇窗，足以让
外面的逸景
聚纳进来

恰与，窗台上一本
摊开的日记
衔接了新的契约

一些落英缤纷的花瓣
正补苴扉页罅漏
或，隐喻什么

是春莺，还是浅秋
已无须佐证
平仄隐含了注脚

此刻的我
只愿借鉴那恬静的片段
调剂虚泊的时光

淬
火 | *Cuihuo*

◎ 古老的陶器

安然得格外稳定
叩击会发出前世的回音
疑点，有解惑冲动

当光线挪移
陶瓷的局部隐约开始苏醒
白皙的肌肤千年未衰

杏眼明眸，蕴含着情愫
淡定地扑面而来
仿又，传递坚硬的冷

从源头埋下的伏笔
穿越时空。那神秘的谜
似缥缈的云霭，捉摸不透

◎ 奇迹

涉猎颇多。有些觉得庸常
却是，异常地绝妙
而萌生惊叹

一截藤蔓的企图和走向
足以让我的观念
从浅显的认知，一下拔高到
无限的维度

种子，是鸟喙叼来的
还是由风从哪儿借贷来的？
暂且不究
我所折服的，是它的婆娑倩影
以及陡峭之中
缜密的深奥力学

那么险峻的 90 度立面，甚至于
锐角都不惧
孤注一掷将既定的誓言铆钉
在峰顶的褶皱里

◎ 一幅画的诞生

多半有个惬然的焦点
或角度。临摹才
能顺畅兑现

背景，应采纳虚实互补
稍许浅描淡缀即可
仿若蛇影游弋

点睛之笔，务必屏息凝神
线条的勾勒始终介于
疏密之间

最难捕捉的莫过是局部
移动的瞬间
晃曳而变异的弧线

细微拿捏意境的平衡
用恰当的留白
来掩饰某处悬念……

◎ 季节，从勿诌谎

提笔的时候，寒露
刚好降至
十月，很难如愿自圆其说

秋意浓：墨绿、金黄
艳红……纷纷嵌入于瞳孔里
呈混淆的排比句……

由于一些旧词先后撤帖
故剩余的姿态
已不再那般蓊茂

疾风过，晃悠的枝头愈发
瘦寡渐镂空
像一枚破旧的蜂巢

◎ 秋意浓

从斜插的雨点中，体味
*丝丝*的凉意
当然，还有风的蛊惑
和企图

寒露以后，一些葳蕤之物
基本有了定数
即，所谓取与舍的
演绎程序

暗处，稍浮躁的潜台词
已提示季候变异
使午夜时分
万物尤其戢敛、拘谨

◎ 正反逻辑

凡事务必留一手。哪怕是
一丝一毫微妙的豁罅

尽管光无孔不入
但，亦有对弈的反作用力

风如此，雨亦如此
它们的意图，总难以完美地渗透

就像一只陶罐，上下前后左右
才能构建丰韵的品位

正面了然；而反面乃至落款
仍需耐人寻味地揣摩

◎ 钟，亦有哑噤的时候

时分秒，必要的有机构件
除了方向一致
分别还指证不同的含义

三枚，对应各自身份
顺从黑白的牵引
仿若，人生一系列的参数

奔跑的当数年少
其次为兼顾纷繁的中坚
缓慢，固然是滞后者

任何钟，摆久了都会耗匮
机械性劳损。一不
小心就被卡在某个瞬间

◎ 消逝之物

失去的，时时刻刻在发生

譬如光阴与生命
以及一切出乎意料的事

尤其是那些才刚萌芽，或还
处于雏形的

所以每次遇见飓风
我都会分外忐忑，不仅为

那些枝叶，被蹂躏所发出的
挣扎般的沙哑声音

而是，摧枯拉朽以后
所呈现出来的零乱与死寂

◎ 路，无止境

孤苦独旅。势必会刻下一条
冷僻的履痕……
身后细长的弯道，与
月影形成某种叛逆

树，或是坐标或是界碑
抑或向导
恰好还有一片，星子做伴
日夜兼程不迷途

信念，依托灵魂的定力
以及于凹凸中毫无避讳的坚韧
也许地平线漫长
但尽头已隐映曙光

◎ 喧哗

一方沼泽，开阔……
午后的斜阳，像播撒的词汇
仍维持几分的余温

秋，正以猫步的匀速运动
向冬域靠近。画面由暖色
渐序向冷色调剂

芦苇，早已发出预警
摇曳的白絮
抖落了诸多叹息

此时，有迁徙的群鸟暂栖
一会儿又扑棱翅膀
如轰鸣的引擎，腾飞

◎ 审判

黑字在白纸上调遣得越
充分，所追踪的迹象
就越形影毕露

敏锐的洞察和缜密的梳理
堪比一把双刃剑

审判，固然有一套
严谨的程序
若本末倒置了会极易谬误

就像吃某些坚果
应该从罅隙中求突破
方能厘清虚实

诚然，其间的审和辩
亦绝对是秤与砣的关系

◎ 掩饰不了的寒

霜未降，都属于暖冬的征候
连续的云淡日丽
加之风的隐匿
许多，朝南倚墙的植被
会懒散地敞开胸襟
梦萦着……
体味初春的幻觉

而，那些背阴的部分
虽然午后有一丝余温的光线折射
或扫描过来
但毕竟是虚拟的敷衍
当夜幕，将视野覆盖之后
阴冷会匆匆弥漫……
寒湿，封存所有的意念

◎ 寂静

我，抵近湖畔的片晌
夕阳已经归隐山峦的脊背
霞霄，一半撒天穹
一半坠水域

立冬以后的事物，都在
循蹈着既定的秩序
故，一处滩涂的位置
已悄悄地隆起，呈现被掠掳
过的荒颓

此际，恰适宜一番写生
色系只需简约勾兑
三二鱼鹰滑翔
与 N* 朵野紫菊的矜持，正
契合了旷谧的趣旨

———————

* N：表示很多。

◎ 牵手

和谐的寻常里，对应的
是一种平视
相处，也讲门道
笑颜总会传递着温度

除人外，植物多半也如此
看花草的形态
都亲密地挨挤一块
陪衬的绿叶始终谦逊

树也趋同。除凭主心骨支撑
亦依赖互助
且平衡地向外拓延空间
彼此，互相借力

一枝凌霄之所以风姿绰约
其闪亮的辞藻
皆授予陡峭的攀缘中
那些，永不舍弃地搀扶

淬
火 | *Cuihuo*

◎ 小雪帖

并非每逢节气，都会发生
与之匹配的具象
譬如江南气候顺遂
一冬，就那么零星地飘
洒几朵白

难遇见那般决绝，把积蓄的
梦一股脑地煽情出来
将裸露
全部地素裹

我最希望这样的场景：当寒冷
陷入僵局，初雪先
小试牛刀一把
让每个毛孔
均获得一次适应

然后才，轰轰烈烈地宣泄

◎ 大雪，是春天的伏笔

冰艳柔骨，或许是对雪花
最韵味的修辞

她的纯粹性与翩跹曼姿
始终渲染仁慈的圣洁

事实，也正如此
秋后的残局需要来一次修葺

雪，水的结晶；亦是
神灵对大地的恩惠赏赐

抑或更像一床被褥，欲将所有的
秘籍焐熟。静候契机

所有征兆无非都在应验那句
——"瑞雪兆丰年"

淬火 *Cuihuo*

◎ 对比

以优渥自居者，多半会对
细微藐视

你看：一棵大树从不会顾惜
脚底的杂草
它总是争抢第一缕阳光
和新鲜的雨露
还将枯萎无情地覆盖
于草尖上

由此，我联想到了人与人关系
亦极其相仿。某些
生存的空间是多么的闭塞

从高楼俯瞰目及
距离不远的一处棚户区，是
那般地不和谐
人影像挪移的小黑点

◎ 从大运河的断章中取义

俯瞰。宛似一条飘逸的纽带
若以长江为界
北边喻为淳朴的麻棉
而南端，名正言顺是绸缎

水，是流畅的血脉
亦为生灵繁衍不可或缺的乳汁
拨弄一些波纹，便有
某种亲肤地挠痒

石板桥拱跨，无意间就会
嵌入帆影点点
故，水系格外丰沛
呈烟雨舞袖的朦胧况味

沿着驳岸古道，慢踱
仍依稀辨出往昔纤夫的烙印
捡起皴裂的钱币
臆想解密隋唐失散的遗珠

◎ 2021

时光。一直按照程序的轨迹
践行……
许多物事，一边折旧
一边酝酿革新

雪未见风却不止。一路上的
飘零已覆盖太多的故事
有泥泞的车辙或晨曦
疾速的踪影
以及隐忍地坚持

用一枝丫，可以概括过去
萌蘖、繁茂，乃至萧疏
都是纪实的况味
无数凸就对应无数的凹

◎ 处于时光的节点

转眼间，一脚已踩到冬末
寒牙将肌肤咬出皱皱

回眸，花事早隐身而去
抖落了满地
昨日酸涩的箴言

流年轮回，一切归于新陈代谢
旧疮痍需修复
且靠时间缓慢熨平

面向未来，尝试着投石问路
水花溅起无数个涟漪……

我虔信：纷扬的瑞雪以后
会有那么一场春潮维新

辑五
2022 诗选

幻化为孤勇的荆棘鸟

追逐斑斓的瑞光

◎ 新旧，在此刻兑换

时光沿黑白之间
悄无声息地滑过
若疾速穿针引线

生命，仍依既定模式延续
平缓抑或跌宕
都归于脉动的频率

许多旧拙，势必被新颖更替
隐忍的事物
多半顺应着潜移默化

因而，秋窖所封存的种子
恍惚已颤动喉舌
正静待冰融以后的温润

◎ 门

时光。始终摇来晃去开合
生活中
谨慎地维系着平衡

并依赖太阳和星月
转换的节律
循蹈，生命的旨意

有些门兴许指向绚烂的春天
而有些，却
隐埋诱惑的陷阱

辨识，是一道费解的难题
虚拟在现实里
此起彼伏混淆

明确的可谓局限。来世
皆由父母为你启钥
离去，则由后裔替你善终

◎ 用歌声复述寂静

解析沉淀的东西，没有
辨识度是很难通透的

企图驾驭，就必须磨砺
揣度又善于
敏捷的洞察力

不是所有的命题，借助检索
都能获得其有效的
预期

例如万年的矿藏，抑或
淹沦的沉木
它们都有不朽的潜质

这些，或许凭借诗歌的加持
方能抵达内核
且，灵犀的逸境

仿触悟到，细微的战栗……

◎ 关于光的浅析

凡是能涉及的地方，都会
呈现明亮的特征
细微毛孔或纤微皱褶
均反馈于视觉里

光线，落到粗糙的表层
就像被海绵体一下子吸附
自我膨胀，却无
传递意愿

当扫描润滑的平面，立马会
物理反应：折射出璀璨的光
并将热分享于众
宛若佛那一般，心慈目善

◎ 慢下来的时光

斜阳里。一个耸立的影子
越拽越长，以至于
眼前的风景
渐渐归纳到黄昏的边缘

风轻拂，湖面上空廓宁静
芦苇将颓态扶稳
包括一些草木
都自觉地收敛了修辞

此时，垂竿正好与
一浮萍同框，但只稍作滞留
逐让空缺
挪移给了灿烂的余晖

我仿佛领悟时光的谶言
若一棵老槐的谦逊
葳蕤只是昨日。而丰盈之后
应酌情，自觉地卸载……

◎ 指纹

独一无二的体征
其脉络，与祖先有着
不可断绝的因缘
与未来亦具无限的衍生

细腻走向，隐藏繁杂的密码
或与遗传学、生理学
甚太极有某种关联
斗、箕、弓呈特殊的标志

假如牵涉运势，多半
是天方夜谭
蛊惑人心之邪说
给，信徒灌输了迷魂汤

诚然，指纹是不可复制的
不管拿捏，还是抚摸
都会留下符号的印记
为解密赋予更多含义

◎ 风骨

如果没有任何阻力，风
只能表示速度
云谲，也不过是煽惑

所谓的硬核，在对峙的
纠缠中
真相才会凸显

沙漠里的胡杨，没有
哪一个杰作
可与其相提并论

盘虬错节、扭曲的肢体
常被日烤风戾
尚存雷劈留下的残缺

什么咆哮、撕咬、鞭挞等等
皆饱尝个遍
无不佐证它的独雅孤傲

◎ 家园

每个游子基因中，都应有
一块神圣领地

遥不可及时，它会
时常魂牵而梦萦

当回归了故里，一切飘浮的
虚词随即被摈弃

曾经宏大的期许，已经浓
缩至几平方米的院落

朝暮习惯于此闲庭信步，或
与夕阳对吟一首词

◎ 故乡

臆想从冽风里，试图嗅探
久远的气息
几根杂乱的斜枝，则横撇出
抽象写意

捡拾小爿陶片削水，顷刻
泛起无数触点
彼岸已非从前的彼岸
旧帖已不复存在

势必逆水而上，借助鱼鳍之力
沿原路返祖
在变迁的瓦楞间
搜寻最初懵懂的印记

然，昔日的轶事只能于
碎梦中拼凑
旧址，早被后尘覆盖
——无法抵近

淬
火 | *Cuihuo*

◎ 读，一幅沙画

意象，若二元色的触角
相互对弈，且彼此交集
与渗透之间
表达某种平衡

这些未剖析的含义
于转身后
凸或凹，仿佛正梳理着
时光的暗语

又像书的尾页，也许在提示：
丰盈是加法的累积
而负重了
则要递减的醒悟

我和薄雾一样都属于过客
那些无法解释的惑
情节隐匿错综
而又不为人知的秘密

◎ 尘埃之下

葳蕤。总呈递宏观的美感
而抵近时，却领悟
个体不同的措辞

光鲜的背地里，时常
掩饰着难诘……
甚凭肉眼不易察悉到的挣扎

它们习惯与斑驳
以及凋萎苟合
好像从未被阳光抚慰过

还有一些没来得及的表白
绝望之后，终将
归于颠沛流离的废墟

◎ 捕风捉影

生活是一本难念的经
少不了，晨起暮落与柴米油盐
所搅拌的烟火气

风和日丽，抑或阴霾雨潇
并不会按谁的旨意
而随心所欲。惯常地

每时每刻都在对与错、是与非
良与莠中做选择
不可或缺，一双甄别的慧眼

凭借，客观的法术
任何蛊惑及虚谬，都会在
阳光的曝晒下化为乌有

◎ 化石

地腹下，隐藏着渥厚的密语
琥珀可谓是独一份

稀罕，不仅仅年代久远
而且呈晶体，还能剔透出
一副玲珑的骨骼

这神奇的造化，赋予了
无限地遐想……

就像某信仰的境界，早先
不免浅知寡识
经修行沉淀，终将铸就
立地成佛的德范

◎ 倒叙时光

对此生，忽有盘点的欲望
纵览履历，大半
都在一路谨小慎微之中
本分地度过

回眸，若倒置的沙漏
悉数复读了一遍；又似
剥一颗洋葱
越往里，越不敢凝视

此时的我，泪已唰唰往下流
当看到粉嫩的内核
立马就念起童年——那个
因贫穷而光腚的自己

◎ 隔岸

黄昏时分。湖畔一隅，若
披件窕冶的晚装
撒落的夕阳，波光粼粼

目及处，两三鱼鹰
正追逐着帆影……
似修补几处缺陷

恰好，阵阵柔风拂来
细浪层层递进，且慢悠地
拍打圩堤。葭苇是

维系彼岸之物，而袅袅炊烟
所浑蒙的氤氲状
勾兑了，浓稠的乡韵

◎ 蒲公英

风是向导，亦所谓媒婆
相继会被其携入
苍莽而空旷的领地

途中，不乏一些离析者。它们
崇尚另辟蹊径，随机
偷渡和越界

盘旋于花前月下，抑或
僻壤的坡陀上
将种子妥帖地安个家

诚然，它们只图一隅幽静，以及
天赐的每滴雨露
进而复蹈着曼妙的轮回

◎ 春水谣

晨曦，一湖湾刚刚苏醒
烟波泱泱。鸥鹭追逐着帆影
呼唤新的气息

堤蜿蜒，柳丝绿莹莹
依稀倒映出梳妆或洗浣的闺妮
婀娜多姿的倩影

清澈浅滩处，偶有鱼虾摆尾
那些浮萍与藻苔类
统统与水结下不解之缘

瞧，春风已吹过辖境
赋予芦笋蠢蠢萌蘖的契机
重奏那春水，汩汩浩荡

◎ 爱是具体的

与之形成反义的，无非是
笼统与宽泛
自然界可无限佐证

树，远眺，仅仅为轮廓
而亲临才会体察
异样的风情

同理，时针是大致的一个走向
那么一分一秒就是
细节的呈现

喜欢，往往是某种浅表的
瞬间反应。而爱
才是主观诚挚的誓言

此，无须赘述，均能够应验
每一缕春阳
都渗透在摇曳的花瓣里

◎ 抽屉

供一些词汇收纳，不时又
会将部分淘汰出来
如此循环而已

里面储硬件，亦存细软
若古玩，以及缀饰
甚，藏匿隐私

有时会偶尔翻检整理
晒晒紫外线，或者兑换一下
新鲜气息

压底层，一般不愿示人
锁，谨为防忌
能遗存的显然为珍瑰

◎ 宁谧的夏夜

恬静，是此刻的主语
周边的映衬，将喧扰的动词
都排挤于界外

画面里涵盖了春风，与
月朗星稀，以及
一双慈目守候的甜美梦境

摇篮曲悦耳、柔缓……
委婉道出母爱的欢昵和期许
晃曳的凤尾葵，恰似

某种吉兆的暗喻：渐渐地
幻化成飞舞的翎羽
——著述一番新的旨意

◎ 窗

南北通透。多少得益于气流
顺畅地呼吸。因
临水域，而尤体会濡湿

当，一抹晨曦递过来
窗是最好的媒介，让阳光
反复熨烫每一块旧帖

由于，足不出户，少许助词
便成为读物。潜蛙与怯鸟
影射了春天的迟疑

幸好，有无限的网络
可搜大千浩繁。尽管是一堆碎片，
仍获得一些慰藉

此际，我尽量以克制的方式
谨言慎行地和这个
纷扰的凡间维系某种和解

淬
火 | Cuihuo

◎ 落日

唯有，经历过遥远的跋涉
与黑暗的孤独，才能
体味归宿的温暖

眼前晚霞，已成短暂的风景

这多像母亲的身影，若
夕阳之中粘贴的最后一幅肖像
除了谦卑温良
我没更好的言辞了

每个人，总将走完一生
似一缕青烟赴约……

暮色，无奈地隐入山脊，把
忧郁的情绪
寄托给朦胧的月色

我于梦里反复默念一些词

◎ 五月，携一缕浅夏

晨曦一连串鸟语，为时光翻篇
天，云聚雾绕
并无影响万物的脉络

断断续续的阳光，间歇地
露脸又掩蔽，使稀疏的枝丫
隐约几分渴念

窗台上，残留一块潮湿
也许是昨夜的遗梦，抑或与虚拟
有千丝万缕……

此际，一只蜗牛正向陡峭匍匐
它的触须若拐杖
在小心翼翼地试探着未知

◎ 内在的秩序

两条钢轨左撇右捺，抑或
跨江越岭，依旧并行
恪守恒定的默契

犹如旷野中嵌入的某些词汇
之所以，葳蕤
一草一木都在循规蹈矩
与颜值无关

那些张弛、疏密，都在顺应义理
阳光与水，乃是
生生不息的依赖之源

人亦，非剔除例外
皆有属于自己的地域和活法
悟透有所为、有所不为
才不易坠入失序的迷惘里

◎ 良夜

没有比这个时候，再静的了
仅剩零碎灯火，在明探暗窥间
透露着心事……

我，习惯于临窗凭栏
或挪一张旧藤椅靠一靠
一小壶龙井的把持，就足以
令愁绪遣散

可忽略星辰与弦月的朦胧
浅夏里的微风，才是
尚好的一帖抚慰剂

我甚至不嫌弃今晚的云
越积越厚，默许周围黑霾一片
让影子缺席
灵魂，又获一次纳新

◎ 时间是一条游动的木船

假如时间归风主宰，那么
定会留下
无数飘移的痕迹

河，是另一条生命之旅
颠簸的载体，放牧着千舸万帆
亦助澜我一叶扁舟

流动的水，记录时光的碎片
一叠沿途的风景
涵盖白驹过隙的蹉跎

我小心辨认波纹里的突兀
谨防冽风横扫
以及，雨打残舟的窘迫

◎ 沉浮之间

仲夏，盈一眸煦暖
沏一壶茶恰好，任幽香
泛漾波澜
思绪也跟着一起沉浮

我唯独喜欢绿茶
且，必须是碧螺春*
醇厚的汤泽，香气氤氲
呷半口，即沁人心脾

惬然，可让时光渐渐慢下来
与草木对语，或
挹掬斜阳
于静谧里找回少许旧事

世间所有因果，皆有定数
应随缘而安。不管
春意还是落叶
我都勿忘品嚼此茗芳

＊碧螺春：中国传统名茶，产于苏州东洞庭和西洞庭山一带。

◎ 如酒可温的黄昏

每次晚霞西落，都会有
回光返照
并同关联的词缀为
妥帖的状语

譬如，一棵棵树身的侧面
被镀得分外鲜亮
使原本沧桑的老年斑，魔幻般
美颜起来

又譬如与平静的湖
恰到好处地撮成，波光氤氲
像是，煮温的一壶酒
形态取决于风的轻描淡写

显然是一幕抽象的画面
里面也不失人间烟火
或缱绻，或安然
而少许的留白，隐义缄默

◎ 平衡于红绿之间

黄。潜伏红绿里闪烁其词
即所谓的媒介
在幼小心扉里早已植下烙印
此色，归纳暖系一族
活泼而明丽
且又时尚、青春、律动，信仰

从五谷至衣衫佩饰
甚头顶上的太阳
——皆可佐证它的普遍性
如香飘的玉米棒
或一束神秘的黄玫瑰
抑或，各种金钟吊挂的秋实

再细分些还可衍生：
黄马褂，救生衣……
均属于辨识度较高的标志
诚然，生活本应斑斓
各取所需。一些特定的颜色
亦为秩序提示某种预警

淬
火 | *Cuihuo*

◎ 宝塔

粗略印象，它具有稳固的基座
锥形的等边及飞檐的翘角
构筑佛教旨意的美学
欲真正解析，却还需要
临场采集，酌情地挖掘一些
史料等元素

春，凭漏窗远眺，或借梅枝的间隙
斜探到塔身，被朝晖镀亮
后的雄姿飒爽
夏，尤适宜近观。并把
视线转移内核，且盘桓向上攀登
聆享风铃传递的密语

秋，徜徉在黄昏的塔影里
像梦游。假如，从拱桥上俯瞰
宛似倒映出了莲龛禅机……
冬，须落一场大雪来补拙
任梵音濡耳，于寂静的白皑之中
欣叹——此肃穆的伟岸

◎ 夜雨

今夜无眠。皆关乎雨的造访
若来路不详的一堆词
伏在窗外诅咒

仅孤灯，伴她辗转反侧
不知倦意的摆钟，亦参与奚落
唠叨了一宿

除雨纠缠，冷风也窜进了
门缝，若幽灵一般
成为又一帮凶

直至晨曦几声鸟鸣，才让她
找回宁静。所有
怨叹都怪罪于：抑郁

◎ 壳

凡能够包裹内核的，抑或可
挡风遮雨的
都，归纳其列

通过窗口，我观察到
一辆辆赶赴的汽车
或石拱桥下穿行的乌篷船

类似移动的载体。当然还有众多
更弱小的部分，比如海螺
河蚌，螺蛳……

此类天生硬质的壳。而蜗牛
不仅为清道夫，亦一直托举
城堡，并驮着光前行

◎ 酷暑

夏蝉，恐怕最声嘶力竭了
如失忆的疯子
非要掏空全部的哀伤

此时的热浪，如桑拿般熏蒸
催发所有的细胞
加快新陈代谢

正午时。只有匆忙的快递员在
走街串巷。惯常的伎俩
便是超速与越界

又撞见那熟悉的小哥
急转差点撂倒
被焐干的后背又烤出盐渍

◎ 一段尘封的记忆

应季的花瓣，一束一束
燃烧枝头
雨水是跳跃的音符

而我曾经的邂逅与几度缠绵
于蹉跎的弹指间
已形消影散

青丝染白。也许就是岁月
预先埋下的伏笔
且，往事若朝露般滑落又被风干

偶尔旧绪泛漾，寂寞萦怀
独伫立倚栏
观云涌，聆孤鸟惆怅……

◎ 一场雨以后

昨夜滂沱。故早起就被
一股潮湿裹挟

所有枝丫都在氤氲里
托举
一株观音莲，若芙蓉出水般
翠嫩油绿

大量潜伏的雨点，汇合
且又顺着叶子的边缘
闪倏滑动
滴滴答答地向下坠

恰似一串串跳跃的音符
抑或，凄美的省略号

◎ 一张空白纸

半页纸，平躺于桌面上
呈静止的状态
偶尔的风使之折角，微微翘起

有了臆想，显然地会丰富一些
思维，沿着惯性伸展
欲抵达某种逸境

正因还匮乏，会主动去迎合
斜递来的一米阳光
尽可能让其鲜活

若是夜晚，就再借一缕月色
顺盗几粒星子
试图，改变苍白的窘态

◎ 与桥有关

每座桥，都有一些
鲜为人知的轶事
蝴蝶般的倩影已杳无踪迹

拾级而上，又重蹈离别的痛点
石栏依然如故
则是添了少许哑光

河水，汩汩流淌。风里黏着
潮湿的味道
忽有股青涩又沉渣泛起……

偶尔，有一只鸟
盘旋而过
丢下半句委婉地呢喃

◎ 青铜杯

所有的器物安之若素。除了
那具沉睡的青铜
恍惚，从幽暗的泥土里伸出触须
呈现于聚光处

菱花镜中映出哀怨的女子
此刻正端坐
潜伏杯里的那粒种子
仍在萌生欲望

大有高过深秋之势
然而，杯子一旦错位碰撞
都是梦碎的声音
只残留下青铜杯口的锈迹罢了

好比用白酒勾兑的江山
在贪权慕禄间
渐渐失守。许多鼎盛就这样
随一缕云烟化为虚无

◎ 空白的地址

从一片狼藉的书堆里，寻找
一枚丢失的诗笺

思念在夏夜里膨胀
如茂盛的花草，一浪接一浪地
铺开、延展……

总以为，散落的芬芳是
特殊名词，抑或韶华最美的风景

直到眉宇间，再也解不开
锈锁。才知晓许多懵懂的纯粹
已属于青春的流年

水漾开大片空白，我情绪也
变得坦然，不再纠结

从容地迎送每一程山水，释怀
每一次起伏。即便
剧情无果，只储存个虚号

◎ 后花园

除必要的光合——
适时下点雨，飘来一些风
植物便有生动的理由

前庭依旧。无非就那么
几棵值得虚荣一番
挺拔的棕榈

而后院，才归于他潜心营造的
一隅怡情养性的
闲趣领地

栽花种草是基本的要素
亦配一截蔷薇
石缝里再嵌几声虫鸣

当弦月挂上枝头
他会把盏茗饮，闭目冥想
体味此一刻的静美

◎ 无尽夏，盛开

花丛中。有些花特别惹眼
球形的一个个凸显

近瞅，原由无数小花簇拥而成
挤挤挨挨拼凑
如一幕炫彩的蒙太奇

又或是微风里摇摆的圆舞曲
令人催萌颇多寓意

我蓦然想到团聚
以及相逢时，缀满的喜悦

倘若，再飞来两只蝴蝶
定有一场浪漫，无限……

◎ 烟蒂

一支烟，正夹在主人
僵硬的指间燃烧着。如同
解密某些隐情

烟雾弥漫中，借助一丝
亢奋……
欲缓释压抑的疲惫

矮小纤弱的身躯，在忍耐
生存的颠簸
或品嚼一段情殇的痛感

烟雾很快散尽。烟蒂
横七竖八于透明的烟缸里
静待真相越来越近

◎ 时光的馈赠

时光如刀，为流年雕琢下
无数个凸凹
既有蹉跎的虚浮
亦收获了慰藉的褒赏

光影滑过树梢，如同时光砥砺
岁月。于是希望的绿荫
仍执意地舞蹈在
时间的裙摆上

碎片已拼不出完整
关节处还残留着旧疾的隐痛
却虔诚无悔
笑掬，每天递来的晨光

◎ 霜飓

昨晚的秋雨，打湿了芭蕉
剥离了室内的余温

一声夜莺的啼鸣——
仿佛是季节抽出的一把尺子
测量着深浅

一整夜。风都在不停地
搬运拖沓的黑暗……

晨起，我看见些许散落的征兆
而一口老井，正悠闲迎送
每一个掠过的倒影

以及一个雁阵于辽阔的秋空
诠释它们独有的仪式

◎ 酕醄

栖居僻静的小城
雨夜更适合煮一壶酒
暖胃亦暖心

贪杯，图一醉方休
每一口酒都化为
宣泄的泪，每一滴泪痕
都是一次痛的领悟

此时窗外的雨，许是
深秋的挽歌，正好
给我的寂冷慢慢愈合伤口

墨菊，已握成拳状
芬芳再次唤醒我的灵魂
让溃乱的情绪
渐渐地重新理顺……

◎ 隔墙有耳

并非一眼就能识破诡计
起初的小伎俩
极容易躲过视线

蓄谋的雏形
多擅长耍一些噱头加以粉饰
或以奇花异香来迷惑

……松懈防备
显然是愚昧的一种陋习
不自觉地遭之暗算

当猛醒一场噩梦
预先的情节
都归于早前埋下的伏笔

◎ 空间思维

事物的属性，并非全是固态
器皿容纳不同物质
譬如杯子，能够承载着
各色各样的液体

可以盛白酒，或红酒
抑或黄酒
也曾经泛滥过啤酒的泡沫
直至空置为摆设

由此我想到更大的空间
仰望雁阵，很快迁徙成虚影
而，反观地面的人
亦似散乱的蚂蚁在挪动

◎ 未知

黎明前，大地是一直沉睡的
时间在一遍遍地梳理
或萌蘖诸多诉求

远方，弥漫着未知
我试图用淡定来消遣孤寂
于疑虑之中揣摩端倪

难以名状的念想，包括
渴望之切。双手抱紧自己
按捺心头难言之隐

有时无一滴泪，却还是
会触到神经末梢
所翻涌的情绪

——隐约间
此起彼伏的霓虹，如同是
季风从耳边滑过的安抚

◎ 秋日独白

已来的部分立在季节里
都会循序地
以惯例的方式演绎

冷，在北域的旷野里蛊惑
扭着懒散小蛮腰
南向推移

秋况，一幅趣味漫画
犀利的元素，点缀无数修辞
与纯正的语义

值此宁谧的晌午，适合
沏茶吟诗，或者闭目遐思
那些沉甸甸的馥郁

◎ 某种虚构的脚本

臆想临摹一弯秋月
那赤裸、洁白的婉约
替夜深人静
增添几分隐秘的忧伤

忽，一缕柔风
紧接而至的湿润，让体里热量
变成沃土
随即盛开魅惑的花

思绪犹如海潮……
深呼吸，奇妙地拖拽曲线
怦然地驿动
体验一场意外的风暴

始于"青蘋之末"
"止于草莽之间"
最后停泊下来的
依然是，一片虚寂

◎ 昙花一现

当刹那，开出了绝色
一些零碎而散漫的词汇
就会在视野中闪躲

你高尚的灵魂似璀璨的帆
正驶向一隅密境
含羞地作最后的陈述

在这个无人寂静的空庭
我以过客之名
抑或鉴赏者

你洒脱时的落款
像一块迎风飘逸的素绉缎
渐次，幻化成一片羽

◎ 太湖拾贝

远眺，三万六千顷湖境
烟波浩渺，廓无涯际
峰峦归帆隐映

不由，重温唐刘禹锡
"遥望洞庭山水翠
"白银盘里一青螺"的佳句

近览，堤畔芦苇葱郁
垂柳参差舞曳
活脱脱一幅雅致的水墨

所见，不仅含原汁的古蕴
还嵌入了新的注脚
一群白鹭正在，逐梦……

◎ 夏天，渐行渐远

立秋以后，对夏天的印记
愈加浅淡了，而

替换的讯息纷至沓来……
如果说，白露是某种的试探

那秋分显然是分割线
黑白，如愿签署新的协议

当季候进一步深入
尤其寒露与霜降的加持

那些许，畏惧秋后的寂冷
又在怀念夏日的词条

淬
火｜*Cuihuo*

◎ 黄昏辞

不是每一个黄昏，都有落日
阴晴冷暖皆宜
回眸，往事已化为烟雨

唯一恋曲，仍依稀
深嵌于记忆的扉页里
浅释清纯的幽香

思绪，恰似一杯茗芽泛漾
偶尔惬意合上眼睑
回味那韶华时光的曼妙

复述的呓语，伴随优雅的琴音
在淡然的冥想中
若一枚浮叶缓缓入定

◎ 流水是隐喻的词

不算湍急。少许委婉
而幽趣……

无意中弄湿裙裾
把烦心忧绪，藏于心底

浮萍越漂越远
流水替代叹息之隐

人性，固有怀揣秘密的企图
一路蜿蜒地探寻

落差大，也无所谓
将水花四溅当作乐谱

两三翠鸟，盘旋掠过溪边
轻轻丢下嘤咛

几小片波光粼粼如谚语
细腻的滑，绸缎的柔

◎ 小城秋韵

重游，还是那份雅兴
——临河而憩，清茶浅啜

石驳岸接纳了一对鸟雀
落得那么轻。游客从南巷踱来
又散漫挪向东西

僻静处，有位长者在凝视
似乎回味久远的轶事

一只蝴蝶翩舞……
另两只也凑合过来
聆听紫薇的絮语

银杏树落下的叶子，掩映粉墙
黛瓦，及桥垛静谧的闲趣

◎ 与影子交谈

往事，在时间的缝隙里锈蚀
旧拙的一把折椅
静置无声

朦胧月色穿透记忆
刺痛到敏感
吐出浓浓烟雾，弥漫地升腾
过后又形成一片的寂寥

是谁弹拨琵琶的颤音
婉转地吟唱
潮湿窗前的夜空

诸多记忆深深浅浅
非黑即白
有些事只有花开没有结果
纸背浸润无数个喟叹

淬火|Cuihuo

◎ 梦

夜朦胧。一枝蕊疏影横斜
碧波潋滟泛幽香
《采红菱》的民谣
轻柔婉转……

灯火阑珊处——
几条乌篷与小桥、流水
人家对映成趣
橹桨，划出几拨谐音

细雨绵绵的河埠
静怡无声。隐约有醇厚的酒香
从哪扇柴门里泄漏
魅惑整个街坊醉于梦乡

◎ 渔歌唱晚

暮色，还未将彩霞的晚宴
蚕食殆尽
弦月已攀缘于梢头

目及处，繁星与渔火交相辉映
帆向彼岸归拢
鱼鹰抖落羽毛的水滴

隐约传来一阵悠扬
随徐风轻抚，发出船舷与
细浪亲吻的谐音

此时浅滩宁静。点缀的灯影
似播撒的夜明珠
荧光闪闪，宛若幻境……

◎ 运河闲叙

视野，从迤逦的况味里
折了一个肘弯
继而捋顺后向南延伸

来往游轮一路辗转
过桥洞，如穿越岁月的针眼
或开启时光锁孔
引擎，拖拽出长长的记忆

季风温润，流水涓涓
竹篙扎入的那一刻
恰巧点到乾隆的《登舟》佳句

遐想中，一阵汽笛
让我的思绪戛然而止
也好。有些故事
无须完全抵达契意的要旨

◎ 光阴，如白驹过隙

时间的页码，无限地链接
一路走来——
其跨度，貌似非短暂
却弹指一挥间
历经半个多世纪的沧桑，当回眸
岁月，早事过境迁

步履渐滞缓，是因为
骨骼开始卡顿
隐潜于掌背上的黄褐斑
正偷偷凝聚，进而
被难以掩盖的一些皱纹与白发
恣意地追赶

乃至，现在的我
很少再羡慕迸溅的浪花
已藏匿起那块磨刀石
常逗留余晖中
无山依，就选择投靠一棵树
怕有不测，好躲避风雨

◎ 雪中的悬念

当天色维持某种肃默的苍白
就意味特殊的音符传来
那些淡淡的忧伤
和期许，会自然泛漾

雪，犹如绷紧的弦所弹出的棉絮
无意间一点点、一瓣瓣
或一簇簇
甚刻意地漫天飞舞

六瓣的凄美，在风中撒泼
挹掬于掌，透心的凉
与枝头的小鸟
守候这空旷的宁静

一串期望的脚印在延伸……
是平坦或凹凸，已覆盖得难
以分辨。欲规避
一次，又一次的意外

◎ 静待花开

如果，还能忆起那些被时光
封存的印记
一定是晨钟暮鼓的余音
与花香的细微颤动

宛若曼妙的兰花指所种下的几株
抽象的词条，便
施以养分，用浅蓝的月色掩埋
从此一个梦在土壤中萌蘖

有些急不可耐。因为
秋风已将闲言碎语四处扩散
而冷霜却给了警醒
谜，还悬浮在一朵云里

……哦，必须迎来屏息凝神的时刻
希望的粉终于慢裂罅隙
蠕动出一种倔强
——恍如隔世的艳遇

后记

我可以没有其他信仰，唯独不可以缺少诗歌，因为她才是我的"宗教"！

我的写作，是从散文开始的。中年以后慢慢对诗歌萌发浓厚的兴趣，并情有独钟且一发不可收。其间，势必有一个蜕变的过程，涵盖我人生的一些至暗……所以才有了历经"淬火"以后文字的喷涌，以及对周遭更悉心的体察和细微的认知。

何为诗？抑或有多种诠释。我理解的是人的意识与物象触碰所产生的多维反射，效果取决于辨识度。

大凡写诗都由浅表到沉浸，乃至智性这么一个过程。而要真正抵达智性，并非易事。需要潜研效仿，不断从中外精品中汲取养分和积累经验，而后才会渐渐确立自己的个性原创。当然说易行难，每上一个台阶就如同一次攀缘！这点很符合藤蔓的秉性——没有"肆意"哪来"妄为"。故初衷与坚持尤其重要！

幸好前辈的诗学坐标，像灯塔一直在激励引领着后者。数十年来，诗学上一路迂回曲折走来，感慨颇多：想写好一首诗，除围绕主题遣词造句，还要厘清词和语言的基本关系。在此引用瑞典诗人托马斯·特朗斯特罗姆一首短诗来加深理解，再贴切不过了。

自 1979 年 3 月

厌倦了所有带来词的人，词并不是语言
我走到那白雪覆盖的岛屿。
荒野没有词。
空白之页向四面八方展开！
发现鹿的偶蹄在白雪上的印迹。
是语言而不是词。

　　这为我创作提供了有效的示范和指导，并潜移默化到我每一
次诗写之中。我擅长通过自然事物的微观与人生状态的截面或罅
隙，捕捉一些异质的元素加以剖析，并尽量用哲理的思维、意象
的修辞，或粗略，或细腻，或跳跃，或凝练地去尝试有效的逻辑
构建。当然，由于学历不高，我的诗写在"嚼劲"和"内涵"方
面还缺乏诸多拓展的空间，这些是我今后需要努力补拙的方向。
我想借用台湾知名作家蔡颖卿的两句话："未能尽兴的遗憾，是
下次启程的理由。限制中，生活还有更美的可能。"作为勉励自
己的座右铭。
　　所谓，诗无止境。无非是活到老学到老，不断丰盈涵养。以
儒雅而敏锐之气，来抵消生活的围困与无常。所以，写诗也着实
意味：一种自觉的漫长修行……
　　《淬火》是本人第一本现代诗选集，选入了 2018 年至 2022
年这五年来的部分作品。经半年多辛勤筹划，终如愿顺利付梓。
皆得益于家眷亲朋和众多文友的鼓励支持，特别是要感恩北塔和
宫白云二位老师在百忙之中挤出了宝贵时间为我的诗集撰写序言
与封底语。我深感荣幸！在此一并表示最诚挚的谢意！

博凡

2024 年 5 月 6 日于太湖苏州湾明珠城

淬
火 | Cuihuo